KB183235

당신이 더 귀하다

일러두기

· 이 책에 담긴 글은 모두 실제 이야기를 바탕으로 썼으나 등장인물의 개인 정보를
  보호하기 위해 성별, 나이를 비롯한 세부 사항과 사연의 일부를 각색하였습니다.
· 이 책은 국립국어원의 맞춤법 규정을 따랐으나, 현장에서 일반적으로 사용하는
  용어 등에서는 저자의 표현을 최대한 살렸습니다.

당신이 더 귀하다

아픔의 최전선에서 어느 소방관이 마주한 것들

백경 지음

언제 죽을지 몰라서 쓰는 글

새벽엔 단단히 여며야 한다. 반바지 아래 레깅스를 신고 티셔츠 위엔 바람막이도 하나 걸친다. 새 운동화는 달리기할 때만 신어서 깨끗하다. 발을 넣자마자 전해지는 푹신한 느낌이 좋다. 식구들이 깨지 않게 조용히 현관문을 열고 나간다. 모두가 잠든 새벽, 잠든 시간들의 주인이 된 것 같아 가슴이 뛴다. 엘리베이터를 타고 아파트 로비로 내려간다. 바깥은 비가 쏟아지고 있다.

출입문을 열고 나가야 할까 고민한다. 달리기를 시작하는 순간 신발 안으로 구정물이 흘러들어 올 상상을 하니 끔찍하다. 머리숱도 걱정이다. 빗물에 녹아 이온화된 유해 물질들이 두피를 녹여버릴 것 같다. 고민하는 사이에 빗줄기가 더 굵어진다. 그걸 보자 잊고 있었던 감각이 되살아난다. 얼음물에 심장이 잠기는 느낌, 들숨과 날숨 사이가 점점 벌어지며 숨 쉬는 법을 잊어버리는 느낌. 눈을 깜빡이면 각막에 서리가 낀 듯 서걱거리는 소리가 들리고 두 발은 투명하고 끈적한 진창에 처박혀 움직일 수 없다. 나는 차차 빗물에 온기를 빼앗긴다.

구급차를 몰고 간 곳에는 자주 비가 내렸다. 항상은 아니지만 대부분 그랬다. 늙어서 죽은 사람의 집엔 잔잔한 비가, 어려서 병 걸려 죽은 사람의 집엔 세찬 비가 내렸다. 때리는 사람과 맞는 사람이 함께 머무는 집엔 우박이 섞인 비가 내렸고, 홀로 죽은 사람의 집에선 소리 없는 비가 내렸다. 얼마 지나지 않아 나는 빗물에 흠뻑 젖어 집 안까지 비구름을 몰고 오기에 이르렀다. 잘 크고 있는 아이들이 사고를 당해 죽거나 크게 다치는 상상을 했고 아내가 기분이 안 좋은 날엔 그걸 자살의 전조라고 여기며 불안에 떨었다. 일하는 동안은 내가 오만가지 모습으로 죽음을 맞는 장면을 떠올렸다. 고속도로에서 구급 활동을 하다 차에 치이거나, 정신질환자의 칼에 맞거나, 또는 감당할 수 없는 트라우마에 마음이 무너져 스스로 생을 마감하거나. 그래서 틈날 때마다 유서를 썼다. 잡힐 듯 말 듯 한 죽음에 먼저 손을 내민 일이 내 글쓰기의 시작이었다.

죽음을 준비하는 글은 내 삶을 돌아보게 만들었다. 그동안 잘 살았는가 스스로에게 던지는 질문은 가치 있는 삶이 무엇인가를 고민하게 만들었다. 그러자 내려놓아야 할 것과 붙들어야 할 것이 분명해졌다. 사람은 붙들어야 할 것이었고 그 외엔 내려놓아도 좋은 것들이었다. 인간성을 상실하지 않는다면 어떤 삶이라도 가치 있기 때문에 나의 삶 또한 가치 있다는 결론을 내렸다. 아이러니하게도 죽음을 떠올리며 시작한 글쓰기가 삶의 위로가 되어준 것이었다. 기운을 차린 나는 바깥으로 시선을 돌렸다. 구급차를 타면서 만난 가난하고 불행한 사람들이 눈에 들어왔다. 그리고 유서 대신 그들의 이야기를 기록하기 시작했다. 그 기록은 부풀린 연민이나 한 달에 2만 원을 후원해야 한다는 부담이 배제된 것이었고, 오히려 그래서 있는 그대로의 삶을 드러냈다. 그 사람들 또한 나와 같은 무게의 삶을 살고 있다는 걸 깨닫자 마침내 비구름이 걷혔다. 애초에 그건 내가 만들어낸 허상이었다. 가난하고, 아프고, 죽음을 앞두고 있을지언정 그들은 힘껏 살아가고 있었다.

악몽에서 가위를 떨치듯 발을 뗀다. 폭우가 쏟아지건 말

건 일단 달리기 시작한다. 5분도 못 되어 속옷까지 다 젖는다. 체온이 떨어지면서 소변이 보고 싶은 걸 참고 계속 달리다 보면 어느 순간 몸에서 열이 나기 시작한다. 옷을 적신 땀방울과 빗방울이 열기에 증발하면서 밤새 가라앉은 풍경이 아지랑이가 되어 피어난다.

빗줄기를 뚫고 달리는 일은 어려운 사람들의 이야기를 글로 남기는 것과 비슷하다. 시작은 시야를 흐리는 비참한 광경 때문에 마음이 무겁지만 쓰면 쓸수록 드러나는 뜨거운 삶으로부터 진한 감동을 받는다. 바라건대 이 글을 읽는 당신도 나와 같았으면 좋겠다. 여기에 등장하는 사람들을 불쌍히 여기는 대신 우리와 같은 평균 체온 섭씨 36.5도의 인간이라고 생각하면 좋겠다. 그게 내가 비 오는 날 달리기를 멈추지 않는 이유다. 그리고 글쓰기를 멈추지 않는 이유다.

2024년 10월
비 내리는 아침
달리기를 마치고 쓰다

차례

2장 ○

당신이 더 귀하다

○

1장

내가 당신의 심장을 누를 때

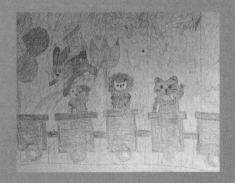

잃어버린 것에 대하여

○

남자는 바닥에 엎드려 있었다. 식구들 중 어느 누구도 떨어진 남자를 침대 위로 올려놓지 못했다. 너무 무거웠기 때문이다. 남자는 5년 전에 폐암 진단을 받았고, 최근에는 간경화가 왔다. 술, 담배도 하지 않는 사람이었다. 남자의 부인은 그가 스트레스를 받아서 몸이 망가진 거라고 말했다. 남자를 들것에 싣는데 무릎이 삐걱거렸다. 온몸이 누런빛을 띠고 있었다. 죽음의 색이었다. 병원 가는 내내 헛소리를 했고 심전도도 불안했다. 부인에게 물었다. "구급차 안에서 심정지 오면 소생술 하실 건가요." 그녀가 벌겋게 부푼 눈으로 남편을 보며 말했다. "아니요." 남자를 병원에 데려다주고 오는 길에 함께 출동한 직원이 말했다. "스트레스가 아니고 그런 건 그냥 유전일 거예요."

오후 4시쯤 폭우가 쏟아졌다. 시 외곽도로 사거리에서 마을버스 한 대가 뒤집혔다. 지난밤에 천안에서 구급차 사고가 나는 바람에 여러 사람이 죽고 다쳤다. 센터장이 운전 조심해서 다니라고 구급대원들 모아놓고 일장 연설을 한 뒤였다. 어찌 되었든 달리는 수밖에 없었다. 버스가 뒤집혔다는데 미적미적 갈 수는 없었다.

사고 현장엔 버스가 오른쪽 측면을 도로에 붙인 모양으로 뒤집혀 있었다. 앞, 뒤, 우측 창문은 전부 부서졌다. 차가 박살 난 것에 비해 타고 있던 사람들은 경미한 찰과상과 타박상을 호소할 뿐 눈에 띄는 외상은 없었다. 옆에서 구경하던 사람이 손가락에 작은 상처가 난 버스 승객에게 밴드라도 붙여주라고 재촉했다. 밴드는 있었으나 붙여주지 않았다. 여전히 폭우가 쏟아졌고, 환자들을 안전한 곳으로 피신시키는 것이 우선이었다. 세 명의 환자를 구급차 세 대에 나누어 병원으로 이송했다. 밴드 없이도 출혈은 금방 멎었다.

오후 6시. 퇴근하는 길에 최백호 선생님의 「낭만에 대하여」를 카오디오로 재생했다. 어릴 적엔 반도네온 반주가 촌스럽다고 생각했는데 지금 들으니 기가 막혔다. 가사도 그랬다. 도라지 위스키, 쌔빨간 립스틱, 다방, 마담, 연락선 선창가, 첫사랑 같은 단어들이 이전과는 다른 느낌으로 다가왔다. 나이를 먹어서 그런가 생각을 했는데 아니었다. 그건 내가 잃어버린 것을 낭만이라 노래한 사람에게서 어떤 동질감을 느꼈기 때문이었다.

우리는 순수의 해변에 모래성을 쌓는다. 모래성의 이름은 낭만이다. 크리스마스의 산타다. 학창 시절 짝사랑했던 선생님이고, 커피와 함께 마시는 시詩다. 어린아이일수록 파도 가까운 곳에 모래성을 쌓는다. 쌓고, 무너지고, 쌓고, 무너지고, 다시 또 쌓는다. 겨우겨우 제 키만 한 모래성을 쌓고 멀찍이 물러서서 뿌듯한 표정을 짓는다. "이제 밥 먹으러 가자" 이야기하면 내일 또 해변에 놀러 오자고 말한다. 내일도 모래성이 남아 있길 소망하지만 밤사이 험한 파도가 훑고 지나간 해변은 반듯하기만 하다.

내게도 잃어버린 것이, 낭만이 있다. 쌓아 올릴 때마다 무너지는 모래성이 있다. 그건 바로 누군가의 죽음을 안타까워하는 일이다. 슬픔에 공감하는 일이다. 가까운 사람의 기쁨을 두고 어색한 가면 없이 진심으로 축하해 주는 일이며, 죽음과의 치열한 사투 끝에 살아 돌아온 사람을 온몸을 던져 포옹하는 일이다. 언젠가부터 그런 일들이 어색해졌다. 나의 모래사장엔 끝도 없이 파도가 밀려들었기 때문이다. 자살하는 아이들, 어른들, 홀로 죽어 겨우내 썩다가 봄에 발견된 노인, 쓰레기장보다 더러운 집, 바퀴벌레, 똥, 2층 난간에서 떨어져 숨을 헐떡이다 죽은 두 살짜리 남자애. 파도에 치이는 시간이 길어질수록 해변에는 테트라포드가 줄지어 섰다. 담배꽁초, 다 타고 뼈대만 남은 폭죽이 드문드문 꽂혔다. 이따금 발을 찌르는 유리 조각도 있었다. 신발을 신어야 했다.

나는 점점 해안에서 멀찍이 떨어져 모래성을 쌓기 시작했다. 당연히 바싹 마른 모래를 가지고는 제대로 된 성을 쌓을 수 없었다. 어쩌면 그게 글을 쓰기 시작한 이유인 것 같다. 쓰는 건 성을 쌓는 일과는 다르다. 쌓는 게 아니고 파 내려간다. 바다의 모래를 파고, 또 파고, 깊숙한 곳의 젖은 모래가 나올 때까지 파는 일이다. 그런 뒤에야 나는 비로소 성을 쌓을 수 있다. 언젠가 지쳐서 쓰는 일을 멈추면, 누군가의 죽음이나 상처를 마주했을 때 사람이라면 당연히 느껴야 할 것들이 내 안에서 사라질지도 모른다. 죽음을 목전에 둔 그 남자를, 자칫 대형 사고로 이어질 뻔했던 버스 사고를 마른 모래처럼 툭툭 털어낼지도 모른다. 나는 그게 두렵다.

잠들기 전, 샤워하면서 거울을 본다. 표정 없는 얼굴. 와이프가 어딘지 무섭다고 하는 그 얼굴이 있다.

슬쩍 웃어본다. 침울한 표정도 지어본다. 영 어색하다.

그녀와 커피를 마시고 올걸 그랬다

○

녹슨 연통에서 시커먼 연기가 뭉게뭉게 피어오르고 있었다. 콘크리트와 목재를 대충 얽어 벽을 세우고 그 위에 슬레이트 지붕을 얹은 집이었다. 바닥부터 처마까지 위태롭게 쌓인 땔감이 집의 전면을 뒤덮고 있었다. 요란한 사이렌 소리와 여성의 목소리로 "화재경보, 화재경보, 화재경보" 하고 건조한 톤으로 되뇌는 소리가 들렸다. 생기가 느껴지지 않는 그 소리에서 죽음의 냄새가 나는 것 같았다. 고개를 빠르게 좌우로 흔들었다. 섬뜩함이 조금 가셨다.

좁은 마루 건너 안방으로 이어지는 문을 열었다. "계세요?" 몇 번인가 소리쳤지만 인기척은 없었다. 보일러실 바로 옆에 붙은 쪽방 문을 열었다. 뜨끈한 열기가 담긴 회색 연기가 훅 끼쳤다. 외벽과 구들장에 균열이 생겨 연기가 방 안을 가득 채운 듯했다. 동시에 확연히 뚜렷해진 경보음. 마른침을 삼키고 막 발을 들여놓으려는데 어둑한 연기 너머로 무언가 움직였다.

"누구세요?"

문지방 너머 할머니 한 분이 모습을 드러냈다. 얼굴이 온통 주름에 뒤덮여서 이목구비가 그 안에 파묻힌 인상이었다. 작은 키가 강낭콩처럼 굽어 더 작아 보였다.

"119예요. 소방서에서 왔어요."
"누구라고?"
"소방관이요."

귀가 어두운지 할머니는 답은 않고 멀뚱히 내 얼굴만 봤다.

"소방관이요! 저기에서 소방서로 신고가 들어왔어요!"

목소리를 높이며 방구석에서 정신없이 울리고 있는 경보기를 손으로 가리켰다. 그제야 할머니는 알겠다는 듯 고개를 끄덕이더니 느릿느릿 방 안으로 들어가 경보기의 전원 버튼을 눌렀다. "군불 때서 그래요. 안 나오셔도 되는데……." 주름에 파묻혀서 겨우 눈동자만 드러나는 두 눈이 붉게 물들었다. 허파가 죄어오는 느낌이 들어 얼른 입을 떼었다.

"할머니! 불 때실 때 환기 한 번씩 하세요! 환기!"

"네, 네. 고맙습니다……. 커피 한 잔씩들 드시고 가셔요."

현장은 센터에서 20킬로 이상 떨어진 산골짜기였다. 관할을 너무 오래 비우는 것이 염려되어 흔쾌히 그러겠노라 말할 수가 없었다.

"출동 걸릴 수도 있어서 가봐야 해요. 감사합니다."

추우니 들어가시라 말해도 할머니는 고집스럽게 털신에 맨발을 구겨 넣으며 밖으로 나왔다. 더는 커피 마시란 얘기는 않았지만 그 말이 입안에서 맴돌고 있다는 것 정도는 눈치챌 수 있었다. 또 한 번 눈을 맞추기 겁나서 고개를 돌렸다. 출동할 때는 미처 몰랐는데 소복한 눈길 위에 구급차가 지난 바퀴 자국 말고는 다른 흔적이 없었다. 그걸 보니 무엇 때문에 할머니가 이 먼 곳까지 떠나왔을까 궁금해졌다. 그리고 곧 내 질문이 잘못되었다는 걸 알았다. 아마 할머니가 떠나온 게 아니라 다른 사람들이 할머니를 떠나갔을 테니까. 그러므로 무엇 때문에 사람들이 할머니를 떠났는가, 그렇게 묻는 것이 옳은 질문이었다. 할머니는 늘 같은 자리에 있었다.

언젠가 할머니도 하얀 눈으로 뒤덮인 이곳을 떠날 것이다. 그러려면 시간이 좀 필요한데 아마 그리 많은 시간이 필요한 건 아닐 것이다. 그 시간이 지나서, 할머니는 보고 싶은 사람들을 만날 것이다. 엄마나 아빠, 친구들, 운이 좋으면 사랑해 마지않았던 어떤 한 사람을. 그리고 그들과 함께 허벅다리가 따끈해지는 아랫목에 모여서 달달한 믹스커피를 마실 것이다.

차 문을 열었다. 할머니는 뒤에서 망부석처럼 움직이지 않았다. 문을 닫았다. 눈길이라서 우리는 아주 천천히 갔다. 그 모습이 위로가 될지, 아쉬움이 될지 알 수 없었다. 산길을 한참 돌아 나갔다. 그제야 백미러에서 할머니의 모습이 사라졌다.

내 우스운 이야기 하나 할까

○

여보게, 치삼이. 내 우스운 이야기 하나 할까.

오늘 손을 태고 정거장에 가지 않았겠나.

— 현진건, 『운수 좋은 날』

환자를 병원에 데려다주고 소방서로 귀소하는 길이었다.
무슨 출동을 나갔는지 기억나지 않는 걸 보면 별일 아니었
을 것이다. 시간이 밤 11시쯤이었던 건 생각이 난다. 좌측으
로 오래된 아파트 단지를 끼고 있는 오르막길을 가는데 누
가 구급차 앞을 막아섰다. 덩치 좋은 남자였다. 무슨 일일
까. 구급대 짬밥으로 미루어 짐작했을 때 좋은 일은 아니리
라 생각했다. 엉뚱하게 한 방송사의 캐치프레이즈가 떠올랐
다. 만나면 좋은 친구. 그러나 우리는 늘 만나면 좋지 않은
친구였다. 만나지 않는 게 좋은 친구. 또는 만날 일이 없어
야 하는 친구. 그런 친구를 붙잡아 세우는 남자는 어떤 불행
에 직면해 있을 가능성이 컸다. 갑자기 긴장이 되어 입안이
바싹 말랐다.

"어묵 먹고 가세요."

남자가 말했다. 남자의 뒤편으로 붕어빵과 어묵을 파는

노점이 주황색 불을 밝히고 있었다. 노점 안쪽에는 남자의 아내가 있었다. 그녀는 구급차가 잠시 멈춘 틈을 타서 사각 포장 용기 두 개에 꼬치를 뺀 어묵을 가득 담았다. 종이봉투에는 팥앙금과 슈크림이 들어간 붕어빵을 꼬리와 주둥이가 바깥으로 막 삐져나올 만큼 담았다. "잠시만요." 또 얘길 하더니 매대 아래쪽에서 포도 맛 음료수를 박스째로 꺼냈다. 이건 지나친 호의라고 생각했다. 생판 모르는 남이 주황색 옷에 119 마크를 등짝에 지고 있다는 이유만으로 베푸는 호의. 내가 희생과 봉사의 정신으로 무장한 귀인이라는 착각에서 비롯한 호의. 세상에 귀하지 않은 밥벌이가 없을 텐데 유독 귀한 밥벌이라는 칭찬을 받는 것 같아 민망한 기분이 들었다. 먹을 걸 건네는 부부의 얼굴은 마냥 푸근했다. 그 얼굴을 보고 있자니 감사하기보단 미안했다. 사실 나는 미안한 사람이었다.

○

길에 쓰러진 남자가 있었다. 그 남자는 운이 좋았다. 병원 이송을 마치고 돌아가는 길에 남자가 쓰러져 있는 걸 우리 구급대가 우연히 발견했다. 발견 당시엔 미약하나마 호흡이 있었다. 손가락을 남자의 입에 집어넣어 기도를 막고 있던 틀니를 꺼냈다. 제세동기 패치를 붙였다. 분당 56회. 심전도상으론 맥박이 있었으나 경동맥과 넙다리동맥에서 맥이 느껴지지 않았다. 압박을 해야 하나 10여 초쯤 고민하는 중에 다른 구급차가 나타났다. 남자는 정말 운이 좋았다. 다른 구급차 역시 귀소하는 중에 우리가 응급환자를 발견했다는 걸 인지하고 곧장 현장에 합류한 것이었다. 심전도는 미심쩍으나 일단 CPR(심폐소생술)이 필요한 상황으로 간주하고 가슴압박을 시작했다. 남자의 기도와 정맥로를 확보해서 산소와 약물을 투여했다. 기계식 가슴압박 장치는 안정적인 심장압박을 도왔다. 손발이 착착 맞았다. 남자의 나이는 53세. 목숨을 잃기엔 젊은 나이였다. 살릴 수 있겠다는 확신이 들었다. 남자를 병원에 인계하는 과정도 순조로웠다.

병원 앞에서 심폐소생술에 사용한 장비를 정리한 뒤 다시 응급실로 들어갔다. 좀 전에 환자를 인계받은 간호사에게 물었다.

"ROSC(자발 순환 회복) 됐나요?"
"아니요, Expire(사망)했어요."

병원 기록에 의하면 남자는 오래도록 심장병을 앓아서 재작년인가 스텐트 시술을 받았다. 게다가 당뇨 합병증으로 몸속 여기저기가 망가진 상태였다. 그래서 급성 심근경색으로 목숨을 잃는 게 당연한 수순이었다. 그렇게 생각하려고 했는데, 갑자기 모든 게 핑계처럼 느껴졌다. 현장에서 남자를 발견하자마자 압박을 시작하지 않고 망설인 게 떠올랐다. 당시엔 손발이 잘 맞았다고 생각했지만 급하게 합류한 대원들과 처음 합을 맞추는 현장이 그리 부드럽게 흘러갔을 리 없었다. 잘은 모르겠지만 분명 무언가 놓쳤기 때문에 남자가 목숨을 잃은 것 같았다. 살 수 있는 사람이었는데, 하늘이 돕는 상황이라는 느낌마저 들었는데, 내가 죽였다. 변변치 않은 나를 향한 의심과 질책이 폭우가 되어 쏟아졌다. 마음의 댐은 늘 한계 용량에 가깝기 때문에 어쩔 수 없이 수문을 열었다. 꽁꽁 막아둔 기억이 벌컥벌컥 밀려 나왔다.

고속 회전하는 그라인더로 가슴에 파 내려간 주홍 글씨. 개같은 새끼. 병신. 살인자. 피부가 검고 땅딸막한 남자가 소리친다. "우리 엄마였으면 넌 나한테 죽었어." 불길처럼 일렁이는 곱슬머리 아래 시퍼런 두 눈이 빛난다. 그날 나는 읍내에서 외따로 떨어진 산속, 다 쓰러져 가는 오두막집으로 출동을 나갔다. 심정지 출동이었다. 여든이 넘은 할머니였고 도착 당시에 심장은 완전히 멎어 있었다. 곧장 구급차에 싣는 것보다 현장에서 가능한 한 모든 처치를 하는 게 옳다고 판단했다. 의료 지도를 받은 뒤 추가 구급대를 기다리며 소생술을 계속했다. 늦은 밤의 산길이라 예상보다 타 구급대의 도착이 늦었다. 팀장은 그래서 내가 사람을 죽였노라고 말했다. 병원 이송을 서두르지 않은 나를 살인자라고 불렀다. 그 말이 옳은지도 몰랐다.

나는 죄를 안고 산다. 그건 속죄의 여지가 없다는 점에서 세상 어떤 종교가 말하는 죄와도 다르다. "당신 잘못이 아니었어요." 듣기 좋은 말이지만, 그 말은 아무것도 해결하지 못한다. 자식의 죄를 부모가 외면할 수 없는 것처럼 나도 내 손을 거쳐 간 죽음을 외면할 수 없기 때문이다. 그래서 죽음은 죄가 된다. 죽음은 혈관을 타고 흐른다. 그 결과로 스스로를 어떤 불길한 것으로 여기기 시작한 나는 마주하는 모든 사람 앞에서 움츠러든다. 나 때문에 기분 나쁜가, 나 때문에 상처받았나, 내가 나라는 사실이 너를 불행하게 만들었나. 그럴 거야. 그 와중에 가까이 다가가고 싶어서 마음속 깊은 서랍장 안을 뒤져 할 말을 찾지만 딱히 떠오르는 게 없다. 그러다 손끝에 걸리는 부스러기 같은 한마디. "미안해." 요 몇 년간 그 말을 참 많이 한 것 같다.

먹을 걸 양손 가득 챙겨 소방서로 돌아왔다. 웬 어묵이냐며 사무실에서 대기 중인 동료들이 반색을 했다. 밤이 깊었지만 쌀쌀한 날씨에 뜨끈한 어묵과 붕어빵을 마다하는 직원은 없었다. 나도 염치없이 잘 먹었다. 내가 아니었다면 그 남자가 살았을까, 생각하는 와중에도 목구멍으로 밥만 잘 넘기는 내가 우스웠다.

사람이 살고 있습니다

○

쓰러져 있던 노인을 지나가던 사람들이 보고 신고를 했다. 눈가의 피를 닦아내자 마른 붓으로 찍어 누른 것처럼 거친 속살이 드러났다. 다행히 활력징후는 이상이 없었다.

"넘어질 때 기억은 나세요?"

"다 나요, 다. 죄송합니다."

"병원 가서 검사받아 보셔요."

"에헤이 무슨!" 노인이 너털웃음을 터뜨렸다. "술을 너무 마셔서 그래. 괜찮아요, 괜찮아."

"차에 타세요. 모셔다드릴게."

"괜찮다니까? 집이 바로 앞인데, 뭘."

"보호자분 있으세요?"

"없어. 마누라 죽고 혼자 살아."

"그럼, 자식분들 연락처라도……."

물은 게 화근이었다. 노인은 별안간 뭐에 썬 사람처럼 돌변했다.

"야! 네가 그런 걸 물어볼 권리가 있어?"

"혼자 댁에 가시면 위험할까 봐 여쭌 거예요."

"그걸 왜 물어봐, 이 새끼야!"

"알겠어요. 죄송해요. 부축해 드릴 테니까 같이 걸어가시죠."

노인은 오래도록 사람 손을 못 잡아본 양 내 손을 쥐었다. 너무 꽉 붙들어서 아플 지경이었다. 밤거리엔 가로등 하나 없었다. 우리는 텔레비전 불빛이 꾸물거리는 창문 몇 개를 이정표 삼아 느릿느릿 걸었다.

"동네에 소문나면 안 되는데."

"돌아다니는 사람도 없는데요 뭘."

"창피해서 안 되는데."

오래된 아파트를 끼고 들어간 골목에 낡은 원룸 건물이 보였다. 겨우 사람 하나가 지나다닐 만한 좁은 마당을 지나 건물 안으로 들어갔다. 물을 먹어서 눅눅해진 콘크리트 벽에서 시큼한 곰팡내가 났다. 노인은 106호에 살았다. "16만 5000원이야. 일곱 평이야." 머쓱한 듯 뇌는 그 말에서 애써 태연한 척하는 기색이 느껴졌다. 문을 열자 현관과 이어진 좁은 부엌이 보였다. 부엌 좌측으론 침대와 식탁만 덩그러니 놓인 방이 한 칸 있었다. 주취자를 귀가시킬 때면 대개 집인지 쓰레기장인지 구분이 되지 않는 장소가 기다리기 마련인데, 이 집은 놀랍도록 말끔했다. 노인 특유의 체취도 느껴지지 않았다. 그가 맨정신이었다면 119를 부르는 일 따위는 절대 하지 않았으리란 생각이 들었다.

"저희 이제 들어가 볼게요."

"조금 있다 가. 커피는 없어."

"커피 때문이 아니고, 출동 걸릴 수도 있어서 그래요."

"정말 고마워."

"뭘요. 들어가 보겠습니다. 나오지 마세요."

노인이 악수를 하며 잡은 손을 또 놓지 않으려 해서 애를 먹었다. 벽 한쪽에 처연하게 걸려 있던 십자가가 제 몫을 하리라 기도 비슷한 기대를 하며 도망치듯 집을 나왔다.

가난은 부끄러워할 일이 아니다. 아니, 정말 그런가? 나는 지금 거짓말을 하는 건지도 모른다. 나는 평생 밥을 굶어본 일이 없다. 자애로운 부모님의 보살핌 아래 어린 시절을 보냈고 대학교를 졸업할 때까지 내 돈 한 푼 들이지 않고 공부를 했다. 우리 집은 장사를 몇 번 말아먹었지만 끄떡없었다. 할아버지가 부자였으니까. 가지고 있던 재산이 눈 녹 듯 녹아서 부모님이 더는 내 뒷바라지를 해주지 못해도 이젠 내가 밥벌이를 할 수 있다. 그러니 나는 인생에 단 한 번도 가난이라는 걸 경험해 본 일이 없는 셈이다. 그런 사람 입에서 '가난은 부끄러워할 일이 아니다'라는 말이 나온다면 그걸 누가 믿을 수 있을까.

외로움도 마찬가지다. 살면서 누구나 외로운 순간을 맞닥뜨리지만 나는 진정한 의미의 외로움을 경험해 본 일이 없다. 누군가를 만나는 게 귀찮아서 스스로 방문을 닫은 일은 있다. 그러나 내 뜻과는 별개로 사회로부터 격리되거나 도저히 사람을 만날 만한 상황이 아니라 어쩔 수 없이 몸을 숨긴 일은 없었다. 너무 가난해서, 병에 걸려서, 죄를 지어서, 아니면 어떤 두려움 때문에 고개를 들지 못하는 사람의 외로움을 나는 모른다. 그러므로 외로움은 부끄러워할 일이 아니라고 이야기할 수도 없는 것이다.

누군가 가난과 외로움을 부끄러워한다면 그걸 있는 그대로 받아들여야 한다. '부끄러워할 일이 아니다' 같은 말로 포장하는 건 눈앞의 현실을 손바닥으로 가리는 것에 지나지 않는다. 손바닥 뒤엔 분명 부끄러워하는 사람이 있으니까. 위로를 하고 싶다면 먼저 손바닥을 치우고 눈높이에서 그 사람을 마주 보아야 한다. 중요한 건 그거다.

노인은 가난했다. 그리고 외로웠다. 드넓은 우주에 홀로 쓰러진 노인은 그래서 부끄러웠고, 손을 내민 나에게 화를 냈다. 누군가는 욕지거리하는 당신을 욕했겠지만 부서져라 내 손을 쥐는 모습에서 나는 분명 나와 같은 사람을 보았다. 그래서 언제라도 다시 만난다면 또 손을 내밀 것이다. 당신을 부끄러워하지 않을 것이다.

일곱 평 월 16만 5000원짜리 방에도 사람이 산다. 그날 나는 그렇게 생각했다.

환자한테 혼난 날

○

출동 중엔 종종 지령이 바뀌기도 한다. 경중이었던 환자의 상태가 악화되거나 원래의 사고에 더해 추가로 사고가 발생하는 경우다. 그날 밤은 고속도로 출동이었는데, 단순한 접촉 사고만 발생하고 구조 상황은 없다고 지령이 내려와서 마음을 놓았다. 차가 시속 100킬로를 넘나들며 달리는 고속도로에서 사고 차량에서 내린 사람들은 본능적으로 가드레일 바깥으로 몸을 피했다. 그럼 대부분 안전했다.

"어? 뭐야."
"예?"
"지령 바뀌었어. 2차 사고 났다는데?"
"예?"

　고속도로 2차 사고는 무섭다. 맨몸으로 사고가 나기 때문이다. 차에 두고 온 물건이 생각나서 돌아가다가 사고 지점을 못 보고 달려오는 차에 부딪히거나, 사고 직후에 겁에 질려 차 안에 있다가 겨우 맘을 먹고 문을 여는 순간 달려오는 차와 추돌하기도 한다. 그러면 예외 없이 죽었다. 그래서 이날도 지령이 바뀌는 걸 듣자마자 뒷머리가 쭈뼛쭈뼛 솟았다. 새카만 밤의 고속도로 2차 사고였다. 조졌다, 조졌다,

조졌다, 조졌다. 그 생각밖에 안 났다.

현장에는 사고 차량 두 대와 몰려온 렉카차들, 경찰차, 도로교통공단에서 통제를 위해 보낸 차량들이 뒤엉켜 있었다. 차에 탔던 사람들은 두 사람을 제외하고 가드레일 바깥으로 피신해 있었다. 그 둘은 엄마와 딸이었다. 딸은 통증 때문에 움직이질 못하고 있었다. 중학생 정도로 보였다.

"2차 사고 났다는 분이 이 학생이에요?" 묻자, 여기저기서 그렇다고 답이 돌아왔다.

"어쩌다 그랬어요?"

"걸어가다가요." 학생이 답했다.

"어딜 걸어가요?"

"저쪽."

학생이 손으로 가리킨 곳은 바로 앞의 터널이었다. 다른 손에는 귀퉁이가 박살 난 휴대폰이 생명줄처럼 붙들려 있었다. 휴대폰 화면에 고개를 처박고 터널 안쪽에 난 좁은 갓길을 유령처럼 걷는 학생의 모습이 그려졌다. 다행히 달려오는 차 사이드미러에 스쳤을 것이다(물론 그것도 엄청난 충격이었겠지만). 통증을 호소하는 무릎에 부목을 대고, 경추 보호대를 적용한 뒤 긴척추고정판을 이용해 학생을 구급차로 옮겼다. 학생의 어머니도 보호자 겸 환자로서 함께 구급차를 탔다.

가끔 죽음이 살아 있는 생물 같다는 생각을 한다. 그 생물은 사람의 발아래 커다란 입을 벌리고 있다가 방심하는 순간을 노려 삶을 머리 끝까지 삼켜버린다. 사거리에서 초록불만 보고 움직이는 차를 10톤 트럭이 받아버리고, 먹기 좋게 자른 사과가 어린애의 기도를 틀어막고, 예비용으로 사둔 5미터짜리 멀티탭이 출입문 상단의 도어클로저에 매달려 목을 매는 일에 쓰인다. 그래서 나 같은 사람은 사거리에서 신호가 바뀌고도 3초쯤 뒤에 사방을 살피며 움직인다. 단단한 과일이나 견과류를 입으로 가져가는 애들을 보기 싫어서 부러 다른 곳을 쳐다본다. 목을 맬 만하다 싶은 물건들은 나만 꺼낼 수 있는 높은 수납장에 처넣거나 그냥 버려버린다. 그래도 맘을 다 놓을 수가 없다. 죽음은 내가 살아 있는 어느 곳, 어느 때라도 보호색을 띠고 나가오기 때문이다. 학생이 터널로 걸어가게 만든 것도 그런 죽음의 속성이었을 것이다. 죽음은 보통 이렇게 말을 건다. "답답하지? 가만있지 말고 좀 걷지 그래." "터널 안에 뭐가 있을지 궁금하지 않아?" 또는 "고속도로 위를 걷는다. 와! 너 지금 좀 멋져 보여.” 자기 자신을 아주 평범하거나 지루하거나 심지어 어떤 영웅적인 것이라고 포장한다. 이야기하고 있는 화자의 이름이 '죽음'이란 사실만 쏙 빼고 말한다.

한참 전에 있었던 다른 출동이 떠올랐다. 다섯 식구가 탄 차가 고속도로에서 사고가 났고, 그중 한 사람이 2차 사고로 사망했다. 얼굴이 심하게 뭉개져서 처음엔 사망한 사람의 신원을 알 수 없었다. 다른 사람들은 병원에 실려 가느라 정신이 없어서 누가 죽었는지도 몰랐다. 최초 추정은 40대 남성이었는데, 알고 보니 그 집의 덩치 큰 중학생 아들이었다. 그때 일을 생각하니 이번에 사고가 난 학생은 목숨을 건진 게 천운이란 생각이 들었다. 다행이다. 나도 모르게 그 말이 튀어나왔다.

“다행이요?” 학생 어머니가 쏘아붙였다. 아차 싶었지만 늦었다.

“아, 그게 아니라.”

“지금 다행이라고 하셨잖아요!”

“죄송합니다.”

“뭐 하는 사람이야, 진짜.”

“죄송합니다.”

이후로 다행이란 말은 나에게 구급차 내 금기어가 되었다. 뭐든 내 기준으로 생각했던 게 문제였다. 벗겨지지 않고 까져서, 잘리지 않고 찢어져서, 죽지 않고 살아서 다행이란 말은 보통 사람들의 공감을 살 수 없다는 걸 알았다. 그래서 요새는 그냥 속으로만 뇐다. 이만하길 다행이라고. 그건 당신의 삶이 죽음에서 벗어난 것을 안도하는 내 마음의 소리다. 나름 애틋함의 표현이다.

개와 사람

편의점에서 신고가 들어왔다. 물건을 사러 온 사람이 구급차를 불러달라고 했단다. 출동을 나가면서도 갸우뚱했다. 군이 편의점 아르바이트생에게 신고를 부탁한 이유가 뭘까. 뭐, 휴대폰을 가지고 오지 않았을 수도 있겠지. 신고자에게 다시 전화를 걸었다.

"환자분 지금 상태가 어떤 것 같나요."
"멀쩡해 보이긴 하는데, 일단 빨리 좀 와주세요."
"무슨 일이 있나요."
"그런 건 아닌데 구급차 불렀냐고 자꾸 물어봐서요."
"알겠습니다. 거의 다 왔습니다."

편의점 문을 열고 들어가니 아르바이트생이 반색을 하며 환자가 있는 쪽을 가리켰다. 구급차를 불러달라고 한 남자는 50대 중반쯤으로 보였다. 냉장식품 매대 앞을 서성이던 남자는 샌드위치와 바나나우유를 집어 계산대로 가져왔다. 떡 진 머리에서 담배 냄새와 지린내가 훅 풍겼다.

"저기요, 구급차 부르셨어요?" 내가 물었다.
"이것 좀 사 줘요."

"네?"

"이거." 남자가 계산대에 올린 물건을 턱짓으로 가리켰다.

아, 이건 또 새로운 경험인데. 가격은 얼마 안 했지만 그렇다고 지갑을 열고 싶진 않았다.

"안 돼요. 아프신 데는 없어요?"

"전엔 사 줬는데."

"아프신 데는 없냐고요."

"온몸이 아파요."

"병원 가실 거예요?"

"아뇨."

그럼 구급차는 왜 불러달라고…… 아니다. 계산대에 덩그러니 놓인 샌드위치와 바나나우유가 눈에 들어왔다. 아르바이트생이 호소하듯 나를 쳐다보았다. 대신 계산을 해서라도 매장에서 좀 데리고 나가달라는 눈치였다. 잠시 고민하다가 말했다. "안 돼요." 전례를 만들어버리면 다른 구급대원들에게도 오늘 같은 일이 벌어질 것이다. 앞선 누군가가 그렇게 한 덕으로 내가 이런 어처구니없는 상황을 맞은 것처럼. 일단 온몸이 아프다 했으니 기본적인 활력징후는 측정해 보기로 했다. 예상했지만 혈압, 맥박, 산소포화도, 혈당 모두 정상 범위였다.

"어떻게 하실 거예요. 저흰 병원 응급실로만 가요."
"병원은 안 가도 되는데."
"그럼요?"
"집에 데려다줘요."
"안 돼요."

답을 하고 난 뒤 아르바이트생의 얼굴을 보니 거의 울상이었다. 한숨이 나왔다. "댁이 어디신데요." 남자는 편의점에서 200여 미터 떨어진 영구임대아파트 단지라고 답했다. 관할 내에서 유독 출동이 몰리는 곳 중 하나였다. "일단 타세요." 출입문을 열고 나가기 직전, 남자는 아쉬운 듯 뒤를 한번 돌아보았다. 아르바이트생이 계산대에 있던 물건을 다시 매대에 진열하고 있었다.

구급차에서 내린 남자는 위아래로 휘청거리며 걸음을 뗐다. 배가 고파서 그런 건지 아니면 정말 몸이 안 좋아서 그런 건지 알 수 없었다. 그냥 두고 갔다가 넘어지거나 아파트 주차장을 나서던 차에 부딪히거나 하면 또 출동을 나와야 할 터였다. 남자의 겨드랑이에 한 손을 넣고 다른 손으로 팔목을 쥐어 부축했다. 온 김에 집까지 데려다주기로 했다. 엘리베이터를 타고 올라가 복도식 아파트의 맨 구석 자리에 있는 남자의 집까지 갔다. 남자가 문을 열었다. 현관 앞 좁은 복도 끝 거실에 늙은 개 한 마리가 보였다. 개는 이쪽을 흘긋 쳐다보더니 곧 관심 없다는 듯 시선을 돌렸다. 집에는 살림살이라고 할 만한 게 없었다. 옷장도, 침대도, 식탁도 보이지 않았다. 공처럼 뭉친 개털과 개똥만 굴러다녔다. 개가 사람 집에 얹혀사는 건지, 아니면 개집에 사람이 얹혀사는 건지 헷갈렸다.

사무실로 돌아와 방금 있었던 일을 동료들에게 이야기하자 하나같은 대답이 돌아왔다. "뭐 그런 사람이 다 있냐." 기가 찬다는 듯 짧은 헛웃음과 함께. 나는 그게 '염치가 없다'의 완곡한 표현처럼 들렸다. 염치는 다른 말로 부끄러움을 아는 마음이다. 그 남자는 부끄러움을 모른다. 그러므로 그 남자는 염치가 없다. 조금 더 나아가면 몇몇 가난한 사람들은 염치가 없다. 거기까지 생각이 미치자 내가 여태 그 말을 진리인 양 믿고 있었다는 걸 알았다. 티는 못 내지만 마음 깊은 곳에서 혐오하고 있다는 사실도. 나는 가난한 사람들의 몰염치를, 그리고 그런 사람들을 혐오하고 있었다. 더불어 살아야 한다든가 서로 돕고 살아야 한다든가 하는 말을 자주 했기 때문에 내 안에 버젓이 똬리를 틀고 있는 인간에 대한 혐오가 부끄러웠다.

"값싼 동정은 사람을 망친다" 같은 말도 자주 한 것 같다. 그들이 진정으로 변화되길 바라는 마음에서 그런 걸 수도 있으나, 텔레비전에서 굶어 죽는 어린애들을 볼 때나, 지하철 입구에서 두 다리가 없는 걸인을 마주할 때, 또는 개와 개털과 개똥과 함께 뒤엉켜 사는 남자를 보았을 때 내 지갑 앞면을 채운 만 원짜리 열 장 중에 한 장이 줄어 아홉 장이 될 것을 염려해서 그런 말을 했을지도 모른다. 사실, 그들에게 당장 필요했던 건 그 값싼 동정이 아니었나 하는 생각이 든다. 샌드위치와 바나나우유를 들고 갔다면 분명 개도 남자를 반겼을 것이다. 빌어먹는 밥이라도 밥벌이하는 사람이 개보단 낫구나 하며 꼬리를 흔들었을지도 모른다.

그늘 아래 숨은 세상과 얼마만큼의 거리를 유지하는 게 옳은지 누가 답을 좀 해줬으면 좋겠다. 어쩌면 지금 난 남을 돕는 게 싫어서 오래도록 고민하는 척하는지도 모른다. 내가 결정하면 될 일을 이젠 바깥에서 답을 찾으려 하고 있다. 그러므로, 내가 제일 염치가 없다.

경찰차와 구급차와 똥과 나

○

"경찰차는 세단이라, 더러워지면 세차가 어려워요."

"구급차도 더러워지면 안 돼요. 환자 태워야 하거든요."

"물청소하면 되지 않나요?"

"그럼 경찰차도 물청소하시죠?"

"에이, 무슨 말씀을 그렇게."

아직 구급차를 타기 시작한 지 얼마 안 되었을 때의 일이
다. 이때는 지금과 달리 인간에 대한 경멸과 불신이 내 안
에서 한창 복리이자처럼 쌓이고 있었다. 밤낮 안 가리고 술
만 퍼먹는 인간들은 인생을 왜 저리 낭비하나 싶었고, 제 가
족에게 손찌검을 하는 쓰레기들은 도처에 널렸고, 살기 싫
어 스스로 죽는 사람은 셀 수 없이 많아서 거의 지겨워지던
참이었다. 오며 가며 만나는 경찰도 싫었다. 경찰은 아픈 곳
도 없는 주취자가 길 가다 넘어져서 가벼운 찰과상이 생긴
걸 두고 소방에 공동 대응을 요청했다. 목맴 자살 기도 건이
라도 있으면 방에 들어가서 천장과 목을 잇는 줄을 끊어내
는 건 대부분 구급대 몫이었다. 쓰러진 주취자가 다음 날 주
검이 되어 발견되는 일을 몇 차례 겪고, 소생 가능성이 있는
자살자를 먼저 현장에 도착한 우리가 구조하는 게 타당하
단 사실을 깨달은 뒤론 오해가 사라졌다. 그러나 당시엔 손

놓고 있는 경찰들이 너무 얄미웠다.

길거리에서 바지 아래로 제가 싼 똥을 흘리며 걷는 남자가 있었다. 노숙자였고, 술에 취해 있었고, 몸은 그럭저럭 움직일 수 있었지만 정신이 온전치 않았다. 경찰은 우리에게 남자를 시 외곽의 노숙자 쉼터로 이송해 달라고 부탁했다. 어디가 아픈 것도 아닌데 경찰차 더러워질까 봐 구급차를 불렀다고 생각하니 열이 뻗쳤다. 경찰차는 세단이라고 주워섬기는 말이 어이가 없어서 그럼 구급차는 네단이다! 하고 받아치고 싶은 걸 꾹 눌러 참고 대화를 이어가던 참이었다.

"상황실에 한번 연락해 보겠습니다."
"네, 부탁 좀 드립니다."

숨 한 번 크게 들이쉬고, 본부 상황실에 전화를 걸었다.

"119입니다."
"네, 여기 ○○구급대 응급구조사 ○○○입니다."
"아, 네, 반장님."
"경찰분들이 자기들 차는 쎄에단이라고 구급차로 이분

쉼터까지 이송해 달래요."

"네?"

"어떻게 할까요, 이송해요?"

"잠시만요."

수보요원이 수화기를 내려놓고 상황실 윗선의 누군가와 상의를 하는 동안 경찰과 우리 사이에 어색한 침묵이 흘렀다. 잠시 뒤, 수화기 너머로 낭랑한 목소리가 말했다. "그냥 이송하시면 됩니다." 경찰은 얼굴로 '아싸라비야'를 외쳤고 나는 꼭 하기 싫은 일을 엄마가 시켜서 하는 애처럼 굴었다. "병원 가는 것도 아닌데 이송해요?" 징징대 봤지만, "네, 그냥 이송하시면 됩니다" 하는 낭랑한 답이 돌아올 뿐이었다.

남자의 온몸을 방수포로 둘둘 감고, 바지 아래로 똥이 흐르는 걸 막기 위해 감염 방지용 덧신까지 신겼다. 그렇게 미라처럼 만들어서 구급차에 싣고 쉼터까지 날렸다. 운전원에게 사이렌을 켜달라고 하고 싶은 마음이 굴뚝이었다.

쉼터에 도착하니 이번엔 쉼터 관리인이 남자를 안 받으려 해서 문제였다. 그 남자가 시설을 찾은 다른 사람들에게 종종 패악을 부리는 진상 단골이었던 것이다. 게다가 온몸

에 똥칠을 했으니 더더욱 안 될 일이었다. 한참 이야기를 나
누던 경찰과 관리인은 남자를 쉼터 앞마당 수돗가에서 깨
끗이 씻겨 들여보내는 것으로 겨우 합의를 봤다.

"소방관분들은 이제 들어가 보세요." 경찰차는 세단이라
고 말했던 경찰이 내게 말했다.
"저희도 좀 도와드릴게요."
"아니에요. 우리 일인데요, 뭘."

그는 신발을 벗고, 양말을 벗고, 무릎까지 제복을 걷어붙
이고 물이 나오는 호스를 손에 쥐었다. 그리고 벌거벗은 남
자의 몸을 씻기기 시작했다. 맨손으로 수돗가 구석에 놓인
수세미까지 집어다 꼼꼼히 씻겼다. 쉼터 관리인이 건물 안
쪽에서 툴툴거리며 나왔다. 하얗게 세탁된 여벌 옷 한 벌이
손에 들려 있었다. 그 순간, 내 안에 자리하고 있던 단단한
무언가가 아래로 뚝 떨어졌다. 반들반들한 껍데기에 '사명',
'소방관', '자기희생', '이웃에 대한 사랑' 같은 문구들이 컬
러로 인쇄된 물건이었다. 그건 아래로 아래로 곤두박질치다
가 결국 바닥을 만나 부서졌다. 깨진 껍데기 안쪽에 꼭꼭 접
은 쪽지가 하나 있었다. 쪽지를 펼쳤다. 단어 하나가 개미만

한 글씨로 쓰여 있었다.

'우월감.'

그건 다음과 같은 해석이 가능했다. 나는 좋은 일 하는 사람이라는 우월감으로, 대한민국 공무원으로서 중요한 역할을 한다는 우월감으로, 나아가 그런 우월한 나를 괴롭게 만드는 인간들마저 흔쾌히 도울 수 있다는 우월감으로 읽을 수 있었다. 나는 스스로가 '사람을 돕는 사람'이라는 데서 오는 우월감에 도취해 중요한 것을 놓치고 있었다. 사람이 사람을 돕는 건 원래 당연한 일이라는 사실 말이다.

결국 제일 인간답지 않았던 건 나였다. 똥 묻은 남자를 장갑 낀 손으로도 만지기 싫어서 눈살을 찌푸리고, 남자를 싣고 가는 동안 괜히 코를 틀어쥐고, 도와주지 않아도 된다는 경찰의 말에 손 하나 거들지 않고 쌩 나왔다. 똥이 묻을까 봐 조심한 덕에 옷은 출동한 그대로 말끔했다. 그런 내가 온몸에 똥칠을 한 것처럼 더럽게 느껴졌다.

아들이 죽었다

지령은 무심하다. 주말 아침 들뜬 마음에 오토바이를 타다 가드레일에 부딪혀 머리뼈가 박살 나도, 일용직 노동자의 오른팔이 거대한 톱니바퀴 사이에 끼어 재건이 불가능해져도, 계곡에서 부모가 잠시 한눈을 판 사이 아이가 물속으로 사라져도, 늘 한결같다. 무심한 듯 정나미 없이 시크하게 떨어지는 게 소방서의 출동 지령이다. 아들이 죽었다. 단여섯 글자로 정리된 그날의 출동도 마찬가지였다.

아들의 어머니는 현관문 밖에 서 있었다. 한 손으로 두눈을 가리고, 남은 한 손으로 집 안 구석께를 가리켰다. 나는 손이 가리키는 대로 둘둘 말려 부피가 잔뜩 커진 이부자리를 향해 걸음을 옮겼다. 이불을 걷어냈다. 그리고, 자리엔아무것도 없었다. 함께 출동한 동료 직원과 나는 벙찐 표정으로 서로를 보았다.

"그쪽 말고요! 저기요! 저기 아래!"

어머니는 눈을 가렸던 손을 떼고 다시 방향을 알려준 뒤 이번에는 양손으로 얼굴을 감싸 쥐었다. 푸 흐흐흐, 푸 흐흐흐하고 심호흡인지 흐느낌인지 모를 소리가 손가락 틈을 비집고 나왔다.

세탁실 용도로 쓰는 공간이었다. 입구 안쪽 위 벽을 따라 가스 배관이 지나고 있었고, 그 아래에 건장한 체격의 남성이 등을 돌리고 고개를 삐딱하게 기울인 채 서 있었다. 새끼손가락 절반 굵기의 나일론 줄 하나가 턱 밑을 파고들지 않았더라면 뭔가 골똘히 생각에 잠겨 있구나 하고 착각했을지도 모른다. 내가 뒤에서 남자의 겨드랑이를 안아 올리는 동안 함께 출동한 동료가 의류 절단용 가위로 나일론 줄을 잘랐다. 양손으로 남자의 체중이 고스란히 떨어졌다. 중력을 거스르려는 의지가 손톱만큼도 느껴지지 않는, 어느덧 익숙해진 죽음의 무게였다.

아들은 이름 있는 모 기업의 신입 사원이었다. 정확히는 입사 시험에 합격하고 얼마 안 된, 현재는 신입 사원 연수를 기다리고 있는 상태였다. 우리로 치면 정식 임용에 앞서 소방학교 입소 대기를 하는 것과 비슷한 상황인 듯했다. 준비를 굉장히 열심히 했고, 얼마 전엔 합격 기념으로 온 가족이 근사한 식당에서 외식을 했단다. 20대 후반인 아들은 또래에 비해 일찍 안정적인 직장을 잡았다. 어머니는 자식을 둔 다른 친구들 앞에서 은근슬쩍 아들 자랑을 했을 것이다.

○

애 딸린 서른셋 가장이 되어 운 좋게 소방관 시험에 합격한 나는 임용 초부터 한껏 마음이 부풀어 있었다. 늦은 나이긴 했지만 앞으로 20년은 더 일할 수 있다는 게 좋았고, 어디 가서 욕 안 먹는 일이라는 점도 좋았고(주취자를 상대하면서 조금 바뀌긴 했다), 무엇보다도 고액은 아니었지만 나랏밥을 먹는다는 자체가 맘에 들었다. 어머니에게 자랑스러운 아들까지는 아니더라도 최소한 걱정 안 하게 만드는 아들이 된 것 같았다. 내가 자식들에게 기대하는 바도 비슷하다. 크게 자랑할 일 만들지 않아도 좋으니 건강하게 제 밥벌이나 잘하고 살았으면 좋겠다. 그것만으로도 나는 참 행복하다고 느낄 것 같다.

그래서 젊은 죽음을 목도할 때면 나는 지독한 겁쟁이가 된다. 자식이 그냥 제 삶만 잘 살아주기를 기대하는 것도 어쩌면 이 시대엔 어려운 일일지도 모른다는 막연한 불안감에 휩싸인다. 겨우 한 달 벌어 한 달 사는 나의 경제적 능력이나, 알게 모르게 아이들에게 상처를 주는 나와 아내의 미성숙한 성정이나, 평소에는 관심도 없던 국내외 정세 따위가 서슬 퍼런 칼날이 되어 내 가족의 발밑을 겨누고 있는 것만 같다. 그런 뒤엔 '어느 날 갑자기 부자 되는 법', '좀 어렵지만 아이의 눈높이에서 말하기', '국제 유가가 오르면 전쟁이 터진다'와 비슷한 뉘앙스의 제목이 적힌 책 몇 권을 인터넷으로 주문해서 읽기 시작한다. 돈이 아까워서 끝까지 읽긴 하는데, 마흔에 접어든 내 인생이 독서로 인해 급작스럽게 전환점을 맞이한다든가 하는 일은 일어나지 않는다. 늘 그렇듯 성공한 작가들의 배만 불려주었다는 사실을 깨닫지만 여전히 깨어 있는 인생을 살려고 발버둥은 치고 있구나 하는 생각에 조금 뿌듯해진다. 책 한 권을 틈틈이 읽어내는 데 보통 일주일의 시간이 걸리기 때문에 그즈음 되면 머릿속을 배회하던 젊은 넋의 얼굴도 흐릿해진다. 아무튼 독서는 유익하다.

무엇이 아들을 죽음으로 몰고 갔는지는 알 도리가 없다. 피땀 흘려 공부한 결과가 그다지 드라마틱하지 않았을 수도 있고, 취준생 신분을 벗어나 본격적으로 막막한 미래를 마주하기가 두려웠기 때문일 수도 있고, 이전부터 그를 괴롭히던 정신적인 문제가 있었을 수도 있다. 그러나 아들이 삶을 마저 사랑할 수 없었다는 것과 살아내야 할 절박하고 뚜렷한 이유가 없었다는 건 분명해 보였다. 옆에 있다면 동생 대하듯 몇 마디 조언이라도 해줬을 텐데 하고 생각했지만 이내 관두었다. 그런다고 죽음이 없던 일이 되진 않았다.

　사람들은 죽음을 삶의 반대말이라고 생각하는 경향이 있다. 반대라는 건 같은 선상에 놓였을 때 가능한 일이다. 그래서 빛나는 생명의 탄생으로부터 곧게 쭉 뻗은 길을 가면 어두컴컴한 죽음이 기다린다고 생각한다. 그 결과로 삶의 연장선에서 죽음을 짐작하려는 다양한 노력이 탄생하는 것 같다. 영혼, 완전한 육체의 부활, 천국과 지옥, 헤어진 사람들과의 재회, 조금 힘을 빼고 접근하면 고통스러운 인생의 종말, 영원한 존재의 소멸. 죽은 아들도 어쩌면 비슷한 기대를 했던 것 같다. 그러나 냉정하게 말해서 삶을 통해 온전한 죽음의 모습을 떠올리는 건 불가능하다. 나의 삶은 오감이 미치는 영역 안에 분명히 존재하지만 죽음은 그 바깥에 있기 때문이다. 삶은 실재고, 죽음은 상상이다. 그것이 손에 잡히지 않는 죽음 대신 또렷한 삶을 더 세게 그러쥐어야 하는 까닭이다.

내가 당신의 심장을 누를 때

주말 오후였습니다. 점심을 대강 먹는 바람에 허기가 져서 컵라면에 뜨거운 물을 붓고 기다리는 중이었습니다. 컵라면 먹는 소방관은 불쌍해 뵈려는 '쑈방관'이란 말이 있어 부러 남들 눈에 띄지 않는 곳에서 먹는 편입니다. 대기실 창문을 열고 물을 부은 컵라면을 문틀 위에 올려두었습니다. 다 익지도 않은 라면에 나무젓가락을 찔러 넣자마자 출동이 걸렸습니다. 당신의 심장이 멈췄다는 소식이었습니다.

언덕배기에 기우뚱하게 자리한 낡은 맨션이었습니다. 페인트가 각질처럼 떨어져 나간 남루한 외벽 때문에 눈살이 찌푸려졌습니다. 곧 당신 아들이 부랴부랴 낡은 SUV를 몰고 나타났습니다. 정말 다급해 보였습니다. 계단을 네 칸씩은 뛰어 올라간 것 같습니다. 나도 양손 가득 소생 장비를 들고 그 뒤를 따랐습니다.

당신의 시어머니가 먼저 당신의 심장을 누르고 있었습니다. 아쉽게도 심장이 자리한 곳을 잘 찾지 못하고 있었던 것 같습니다. 게다가 죽은 몸을 만지는 게 이색하고 무서운지 너무 조심히 눌렀습니다. 당신 아들은 곁에서 어쩔 줄 몰라 했습니다. 시커멓게 죽은 당신의 애먼 손끝만 주물러댔습니다.

목까지 덮은 당신의 웃옷을 걷어붙이다 여의치 않아서

가위로 잘라버렸습니다. 옷 아래 숨어 있던 체온이 얼굴로 확 끼쳤습니다. 가슴 가운데 단단하게 복장뼈가 자리한 곳을 누르기 시작했습니다. 그리고 우측 쇄골 아래와 왼쪽 겨드랑이 밑에 제세동기 패치를 붙였습니다. 기계는 당신의 죽음을 선고하듯 한일자 심장 리듬을 모니터에 그렸습니다. 그래도 눌렀습니다. 아직 할 수 있는 일이 많았습니다. 팔에 정맥주사를 찔러 넣고, 고개를 젖혀 숨길로 산소를 밀어 넣었습니다. 본부에서 대기하는 당직 의사에게 실시간으로 조언을 구하며 소생술을 계속했습니다. 그리고 잠시 숨을 고르려고 고개를 들었을 때, 나를 휴대폰 카메라에 담고 있는 당신 아들과 눈이 마주쳤습니다.

엘리베이터도 없는 데다 계단은 너무 좁았습니다. 당신을 들것에 싣고 내려오는 동안 계단 벽에 등이 쓸려서 페인트와 먼지로 온통 하얗게 되었습니다. 병원으로 내달리는 동안 당신의 심장이 잠시 뛰는가 싶더니 다시 멈췄습니다. 그래도 달렸습니다. 몇 번은 정말 위험한 순간도 있었습니다. 어쩌면 살릴 수 있을지 모른다고 기도처럼 속으로 뇌었습니다. 죽지 마요. 죽지 마요. 당신 아들의 낡은 SUV가 클랙슨을 울리며 뒤를 바짝 쫓았습니다.

당신은 의료진들에게 둘러싸여 빨려들 듯 병원 안으로

들어갔습니다. 이후는 늘 그렇지만 병원에 닿기 전에 살리지 못한 미안함이 먼저 치밀고 능력 없는 나에 대한 분노가 뒤따랐습니다. 그러나 당신의 죽음도 나에겐 삶이라서 거기 오래 머무를 수는 없었습니다. 벌써 당신의 온기를 잃은 들것을 소독 티슈로 닦아냈습니다. 그리고, 남 일처럼 잊어버렸습니다.

소방서로 돌아오니 라면은 팅팅 불어 있었습니다. 함께 불어 터져서 흐느적거리는 나무젓가락으로 그걸 한입에 먹어치웠습니다. 식어빠진 면발에서 타는 것 같은 맛이 났습니다.

비번 이틀을 보내고 사무실에 출근한 날 아침, 책상 위에 당신 아들이 손수 적은 편지가 놓여 있었습니다. 좋아하는 걸 어떻게 알았는지 달고 폭신한 박스 과자도 함께였습니다. 편지엔 저희 같은 사람을 살리기 위해 애써주셔서 감사하단 내용이 적혀 있었습니다. 그때 저희 같은 사람이란 말이 왜 그렇게 우울하게 들렸는지 모릅니다. 아마도 그 말을 곧장 이해할 수 있었기 때문인 것 같습니다. 벽지에 눌어붙은 오래된 땀 냄새, 비우지 않는 재떨이, 꽃무늬 바지, 등허리 아래 장판만 빼고 서늘한 공기, 그리고 라면, 끝도 없는 라면. 죄가 아닌 그것들을 두고 당신의 삶은 죄라고 말했을

64

것입니다. 그리고 그 죄는 당신 아들이 당신의 가족을 '저희 같은 사람들'이라고 고해성사하듯 말하게 만들었을 것입니다. 사실, 세상에 큰 죄를 짓는 건 가난이 아니라 큰돈인데 오히려 가난을 죄라고 말한다니 참 우스운 일입니다. 나도 언젠가 비슷한 말을 했던 기억이 납니다. "열심히 살지 않으면 저런 사람처럼 되는 거야." 어쩌면 당신 아들이 저희 같은 사람들이라 말을 한 건 당신을 두고 저런 사람이라고 손가락질하는 나 같은 사람들 때문인 것도 같습니다. 아니, 분명히 그렇습니다. 내가 당신을 죄인으로 만들었습니다. 당신 아들은 그런 나에게 감사를 전했습니다. 당신을 모욕하고 삶에서 영영 떨어뜨려 놓은 사람을 두고 편지에 은인이라고 썼습니다. 그래서 나는 내가 한없이 부끄러웠습니다.

편지 없이 그냥 당신이 살았다면 얼마나 좋았을까 하는 생각이 듭니다. 그랬다면 당신 아들을 실컷 욕할 수 있었을 테니까요. 카메라로 찍어 고소라도 하려 했던 것 아니냐, 구급차 꽁무니를 미친 사람처럼 쫓아오는 바람에 얼마나 맘을 졸였는지 모른다, 덕분에 살아났으면 전화로라도 인사 한마디 해야 하는 것 아니냐 운운하며 당신이 살아나 줘서 감사하단 말은 쏙 빼고 우리끼리 신이 나서 쑥덕거렸을 것입니다. 나는 정말 밤을 새워서라도 욕할 자신이 있었습

65

니다.

내가 당신의 심장을 누를 때, 내 심장도 함께 꾹꾹 눌렀다면 하는 아쉬움이 남습니다. 그랬다면 조금 무심하게 당신 아들의 편지를 읽었을 것 같습니다. 박스 과자도 물 없이 술술 목구멍으로 넘겼을 것 같습니다.

잣나무에 걸려 죽다

가을볕이 한창이었다. 산등성이를 타고 흐르던 15만 볼트 고압전선이 쓰러진 남자의 머리 위를 지났다. 남자는 양발에 이중 칼날이 달린 승목기를 덧신처럼 신고 있었다. 멀지 않은 곳에 알루미늄 장대도 하나 널브러져 있었다.

한전에 연락해서 주변 전력을 차단하고 접근했다. 시신에 자동 제세동기 패치를 붙이고 2~3초 기다리니 심전도 리듬이 나타났다. 미동도 없이 한일자로 흘러가는 수평선. 전문용어로 에이시스톨Asystol. 무맥. 우리끼리는 '시체는 못 싣습니다.' 야박해 보이는 규정이지만 숨이 넘어간 몸뚱이는 사실 술 취해 쓰러진 사람만도 못한 취급을 받는다. 온몸에 토사물을 묻히고 주먹을 날려대는 주취자들도 어디 다쳤으면 병원 이송은 해줘야 한다는 게 룰이다. 하지만 시체는 안 된다. 하물며 이 건처럼 온몸에 검붉은 반점과 강직이 나타났다면 심장이 멈춘 지 적어도 3시간 이상 되었다는 의미다. 그럼 나라님의 시체라도 못 싣는다.

"신원 미상이래요."
"외노자?"
"그런 것 같아요."

잣나무들은 하나같이 키가 커서 20미터를 넘기는 것들도 있었다. 그리고 오로지 꼭대기에만 열매가 달렸다. 나무에 오른 남자가 한 팔로 가지를 붙든 채 열매를 아래로 떨어뜨리고, 그 자세 그대로 주변 잣나무에 장대를 걸어 열매를 떨어뜨리는 모습이 그려졌다. 개중엔 고압전선이 지나는 나무도 있었을 것이다. 전선이 지나는 걸 남자가 못 본 건지, 봤지만 열매가 탐이 나서 자기도 모르게 장대를 뻗은 건지 알 수 없었다. 어쨌든 남자는 죽었다. 그 결과만은 분명했다.

저녁밥이 유독 달았다. GPS 좌표만 가지고 구조대상자를 찾아야 하는 골치 아픈 산행 뒤인 데다 좋아하는 두루치기가 나와서 개 밥그릇 핥듯 식사를 해치웠다. 누군가는 사람이 죽는 걸 보고 맘 편히 밥이 넘어가느냐 따지겠지만 그렇게 치면 8년 차 구급대원인 나는 진작에 굶어 죽었다. 밥통에 실컷 밥을 때려 넣고 나니 끊었던 담배 생각이 났다. 대신 종이컵에 따뜻한 물을 가득 부어 알커피를 탔다. 손바닥을 타고 온기가 퍼졌다. 나른했다. 밤처럼 까만 커피의 표면에서 아지랑이가 피어올랐다. 그걸 멍하니 보며 의지와는 상관없이 고개를 드는 생각들을 갈무리했다. 죽은 남자의 얼굴을 내가 본 무수한 죽은 얼굴들을 뭉쳐놓은 반죽 위에 던졌다. 그걸 치대고 떼어내고 밀대로 밀어서 똑같은 크기의, 똑같은 얼굴 모양으로 빚었다. 오늘따라 반죽에 진한 색이 섞여 들어간 것 같았다. 그건 내가 제 고향을 떠나 다른 나라 잣나무 꼭대기에서 겨우 살길을 찾은 남자의 모습을 떠올렸기 때문이었다. 그리고 그 살길이 결국 죽음으로 이어졌다고 생각했기 때문이었다. 가장 경계해야 할 건 늘 그런 생각이었다. 생각이 깊어지면 내 멋대로 그 사람의 이야기를 상상하게 된다. 바다 건너에서 기다리는 남자의 가족, 통장에 돈이 들어올 때마다 흐뭇하게 미소 짓는 얼굴, '조금만 기다려, 사랑해' 말하는 목소리, 꿈, 그리고 어처구니없는 감전사 겸 추락사. 커피를 한 모금 마셨다. 델 듯이 뜨거웠다면 더 좋았겠지만 그럭저럭 현실로 돌아오는 데 도움이 되었다. 종이컵에는 아직 온기가 남아 있었다. 그건 커피의 온기인 동시에 두 손의 온기이기도 했다. 아직 나는 살아 있었고, 내가 사는 세상도 살아 있었다. 속이 조금 편안해졌다.

지나간 죽음은 곱씹지 않는다. 굳이 기록으로 남기는 게 역설적으로 곱씹는 일이 될 수도 있지만 성질이 조금 다르다. 경험한 죽음을 기록으로 남기면 그것들은 반듯하게 정리되어 내면의 책장에 하나하나 꽂힌다. 『죽음 대백과사전』 같은 애매한 제목과 함께 1권부터 몇 권까지 숫자가 따라붙는다. 엄마가 사준 과학 전집, 세계문학 전집, 한국 전래동화 전집, 『수학의 정석』, 전화번호부. 숫자가 붙은 책은 하나같이 재미없다는 게 내가 이제껏 살면서 깨달은 몇 안 되는 진리 중 하나다. 같은 이유로 죽음을 기록한 그 책도 잘 보지 않게 될 것이다. 그러나 죽음을 내 마음속 아무 곳에나 처박아 두면 어쩌다 그게 발에 걸릴 때마다 나를 뒤흔들어 놓을 것이다. 온갖 상상력을 동원해서 다시 죽음을 곱씹게 만들 것이다. 그럴 바엔 재미없는 책으로 정리하는 게 낫다. 꺼내 보질 않아서 두꺼운 책만큼이나 두꺼운 더께가 내려앉길 기다리는 게 낫다.

잣나무에 걸려 죽은, 운이 없어도 더럽게 없었던 신원 미상의 외국인 노동자도 며칠 뒤면 머릿속에서 지워질 것이다. 나는 최근 몇 년간 늘 이런 식이어서 재작년에 외할머니가 돌아가셨을 때도 어쩐지 데면데면한 마음이 되어 눈물이 나질 않아 애를 먹었던 것 같다. 그래서 장례가 끝나고 할머니 혼자 살던 집에 잠깐 들렀을 때, 그것도 근처에서 국수를 원 없이 먹고 난 뒤에 와이프 앞에서 등신같이 펑펑 울었다. 몇 년 못 운 걸 그날 다 울었다.

마주하는 모든 죽음에 눈을 빼앗기면 마음이 남아나질 못한다. 그래서 출동부터 귀소까지 머릿속에 주문처럼 뇐다.

  내 가족 아니고 내 친구 아니다. 그게 룰이다.

더하기 빼기 곱하기 나누기

○

태양이 이성의 끈을 놓은 것 같았다. 놀이터에서 밧줄을 타고 놀던 애들은 한 시간도 못 돼서 덥다고, 집에 가자고 칭얼대기 시작했다. 모처럼의 외출이 아쉬워 차를 몰고 새로 생겼다는 베이커리 카페에 가보기로 했다. 차 안은 불가마였다. 계기판 온도계가 45도를 가리켰다. 아이들은 가는 내내 엉덩이를 들었다 뗐다 호들갑을 떨며 시트의 열기를 떨쳤다.

빵 맛은 그럭저럭이었다. 어쩌면 좀 더 맛있게 먹었을 수도 있었겠지만 부산을 떠는 아이들 덕에 다 먹고도 뭘 먹었는지 생각나질 않았다. 빵을 고르고 접시가 텅 비는 순간까지의 기억이 삭제된 것 같았다. 벽에 걸린 화재경보기를 누르려 하질 않나, 거품 레모네이드를 만들겠다며 음료가 넘치도록 빨대로 바람을 불어 넣질 않나, 초코 빵에 붙은 초콜릿은 녹아서 손에 입에 테이블에 바닥까지 점령했고, 옆 테이블에 혼자 앉은 아가씨는 처음엔 그 꼴을 귀엽다는 듯이 보다가 30분쯤 난리가 이어지자 슬슬 짜증스러운 표정을 지었다. 남은 음료를 플라스틱 컵에 포장해서 도망치듯 가게를 나왔다. 쉴 곳 없는 행복. 육아는 그런 거였다.

차로 돌아가는 길에 소화전 하나가 눈에 띄었다. 소화전이 눈에 띌 일이 뭐 있겠냐만 온통 쓰레기를 뒤집어쓰고 있어서 걸음을 멈출 수밖에 없었다. 제대로 입구를 묶지도 않은 종량제봉지, 고양이가 헤집어서 배가 터진 봉지, 죽처럼 젖은 박스, 전구, 종이봉투에 고이 담긴 수박 껍질 무더기. 첫째가 고개를 갸우뚱하더니 내게 물었다.

"아빠, 사람들이 왜 소화전 옆에 쓰레기를 버릴까요?"
"버리면 안 되는 걸 모르나 보지."
"1학년 때 다 배우는 건데?"

그 말에 내가 쓰레기가 된 것처럼 얼굴이 달아올랐다. 아이의 눈에 어른의 세상이 얼마나 이상해 보일까 하는 생각이 들었다. 1학년 때 다 배우는 건 까맣게 잊고, 오래 살았으니 아는 것도 많노라 으스대는 세상. 크고 거창한 목표를 위해 작고 아름다운 것을 검정 비닐봉지에 담아 소화전 보호 틀 사이에 끼워 넣는 세상.

○

어린이집에서 신고가 들어왔다. 열경련이었다. 사실 유아 열경련은 흔하다. 나야 매일같이 봐서 그러려니 하지만 경련하는 아이를 처음 본 사람들은 그 순간 당황한 나머지 수화기 너머로 눈물 콧물을 쏟으며 신고를 한다. 귀가 막 축축해질 지경이다. '진정하세요'를 다섯 번쯤 반복하자 울먹이던 목소리가 겨우 평정을 되찾았다. "아직도 경련하고 있나요?" 물었다. "아뇨. 경련은 아까 멈췄고요, 지금은 자고 있어요." 보통 그랬다. 노파심에 말하자면 아이가 경련을 하면 일단 119에 신고를 하고, 경련이 지속된 시간과 혹 눈이 돌아갔다면 그 방향을 메모해 두는 것이 좋다. 구토를 하면 고개를 옆으로 돌려 토사물이 기도를 막지 않게 한다. 여하튼 아이가 잠들었단 말에 긴장이 조금 풀렸다. 사이렌 볼륨을 줄였다. 굳이 사고 위험을 무릅쓰고 달릴 이유가 없었다.

선생님은 아이를 품에 안고서 울고 있었다. 얼마나 놀랐는지 에어컨이 돌아가는 와중에도 웃옷이 땀으로 얼룩져 있었다. 언젠가 어느 가정집으로 출동을 나갔던 기억이 떠올랐다. 그때도 아이 엄마가 경련을 마치고 잠든 아이를 품에 안고 구급차에 탔다. 내가 뭐라고 안심이 되었는지 아이 엄마는 이런저런 말을 두서없이 늘어놓기 시작했다. 그러다 "제가 사실 의산데, 너무 놀라서 신고했어요"라고 말한 뒤, 자기도 쑥스러운지 머쓱한 미소를 지었다. 의사든 대통령이든 뭐든 부모는 하나같다는 생각을 했다.

소아용 커프를 아이의 팔에 둘렀다. 혈압은 정상이었다. 산소포화도측정계를 빨래집게처럼 벌린 뒤 아이의 엄지손가락에 물렸다. SpO2(동맥혈 산소포화도), 맥박 수치도 정상이었다. 체온만 39도 정도로 높았다. 민소매 티만 남기고 웃옷을 벗겼다. 힘들까 싶어 내가 아이를 안고 구급차로 이동하겠노라 말했지만 선생님은 괜찮다고 했다. 울었던 티를 내지 않으려고 애써 웃고 있었다. 선생님과 아이가 먼저 구급차에 타고 내가 뒤따랐다. 출발하려는데 바깥이 시끌벅적해서 처치실 창문을 열었다. 아픈 친구를 따라 나온 아이들이 구급차 우측에 도열해 있었다. 거기 웃고 있는 아이는 없었다. 웅성웅성. 다들 미간을 찌푸리거나 어찌할 줄 몰라서 입을 벌리고 눈치를 살폈다. 발을 동동 구르는 아이도 있었다. 그걸 보고 있자니 갑자기 부끄러웠다. 열이 나서 까무러친 아이를 두고 나는 으레 있는 일이라며 대수롭지 않게 여겼다. 제 잘못인 양 우는 선생님이 조금 유난이라고 생각도 한 것 같다.

보통 어른들은 없는 셈 치고 지나치는 소식들이 있다. 누군가의 욕심으로 지구 반대편에서 총에 맞아 죽는 사람들이 있다는 소식. 식량은 넘쳐나는데 선뜻 나눠줄 사람이 없어서 2024년에도 사람이 굶어 죽는다는 소식. 우리 옆의 옆의 집 애가 부모에게 두들겨 맞고 일주일째 학교에 나오지 않는다는 소식. 이따금 지팡이를 짚고 초속 5센티미터의 속력으로 산보를 하던 어르신이 돌아가신 지 한 달 만에 발견되었다는 소식. 굳이 신경을 써봐야 득 될 것이 없다고 생각하기 때문에 그 소식들은 어른들의 관심을 끌지 못한다. 그래서 겨우 불우이웃돕기 광고의 형태로 명맥을 유지한다. 요샌 그마저도 어렵다. 내 주머니를 털어 남을 도울 바엔 차곡차곡 시드머니를 모아 부동산이나 동산이나 꿈동산에 투자해야 한다는 게 정설이 되었기 때문이다. 타인을 외면하고 내 삶이나 충실히 사는 것, 그게 바로 고통받는 이를 대하는 우리 어른들의 방식이다. 그건 무시나 다름없다. 수식에 0을 더하는 것이나 다름없다. 0을 무한히 더해도 그 값은 변함없다는 걸 깨달은 어른들은 자아실현과 행복 도모와 경제적 자유를 핑계로 아픈 이웃들에게 0의 진심을 보낸다. 아직 0을 배우지 못한 아이들처럼 1부터 9를 보태지 않는다.

뻔한 이야기지만 살면서 필요한 건 어릴 때 다 배웠다. 싸우지 말고, 아픈 사람은 돕고, 함께 기뻐하고, 슬픔은 나눈다. 1을 더하고 2를 빼고 3을 곱하고 4로 나눈다. 그런 연산은 단순하면서도 아름답다. 아이들의 세계가 빛나는 까닭은 그래서다.

한 아이가 거수경례를 했다. 왼손으로 따라 하는 아이. 손
가락 하트. 머리 위 하트. 안녕히 가세요. 안녕히 계세요. 작
지만 마음을 담아 응원을 보냈다. 품에 잠든 아이가 하품을
했다. 한숨 푹 자고 나면 여름 해에 따끈해진 미끄럼틀 위를
바지가 해지도록 오르내릴 것이다.

허기 虛飢

○

복도는 교실에서 도망 나온 아이들로 아수라장이었다. 불이었다. 타 죽을 수 있는 진짜 불. 큰불.

아래층으로 내려가는 계단 세 곳은 잿빛 수의를 입은 연기가 모두 가로막았다. 힘이 좋은 친구들은 창문틀과 벽을 짚어가며 옥상까지 기어오르고, 가벼운 친구들은 외부로 늘어진 인터넷 선을 잡고 타잔처럼 내려갔다. 애매한 친구들은 그냥 뛰었다. 2층 높이라 죽진 않으리라 판단했을 것이다. 나는 손수건에 물을 적셔 숨을 쉬면서 안전한 곳을 찾았다. 컴퓨터실 입구는 방화문으로 되어 있었다. 그곳으로 달려가니 평소 아이들에게 엄하기로 유명한 선생님, 불붙인 부탄가스를 장대에 매달아 거미줄을 제거해서 화염방사기란 별명으로 불리던 그 선생님이 막 문을 닫으려던 참이었다. 분명 달려오는 나와 눈이 마주쳤다. 그리고 선생님은 주저 없이 문을 닫고 걸어 잠갔다.

연기를 많이 마셔서 어질어질했다. 방향도 알 수 없었다. 복도 중앙에 마련된 수돗가에 자리를 잡고 퍼질러 앉았다. 모든 게 현실감이 없었다.

취이이익, 취이이익.

아득한 곳에서 소리가 들려왔다.

취이이익, 취이이익.

소리는 점점 가까워졌다. 이윽고 다스베이더처럼 시커먼 헬멧으로 얼굴을 가린 남자가, 무거워 보이는 옷을 입고 그보다 더 무거워 보이는 공기통을 짊어진 채 느릿느릿 걸어왔다. 두꺼운 장갑을 낀 손으로 손짓하며 무어라 말을 했는데 잘 들리진 않았다. '살고 싶으면 따라와.' 아마 그런 거 아니었을까. 남자의 숨소리를 쫓아갔다. 앞이 하나도 뵈지 않는데 남자는 한 팔로 벽을 짚어가며 잘도 걸어갔다. 지금 뭘 알고 가긴 하는 거야? 맨날 하는 일이라 그런가. 근데, 저런 일 하면 재미있을까. 생각이 많아진다는 건 안심이 된다는 의미였다. 나는 생전 처음 만난 남자의 등을 보면서 마음을 놓고 있었다. 조금 멋지단 생각도 한 것 같다.

머잖아 빛이 보였다. 허파를 파고드는 공기에서 단맛이 났다. 먼저 빠져나온 학생들과 선생님들이 연기가 펄펄 피어오르는 건물을 긴장한 눈으로 지켜보고 있었다. 휴대폰을 들어 어딘지 신이 난 표정으로 불타는 학교를 촬영하는 사람도 있었다. 언제 나왔는지 화염방사기도 거기 있었다. 예전에 엄마가 신神은 자신의 쓸모를 위해 악인을 오래도록 살려둔다는 이야기를 했던 게 떠올랐다. 그럼 선한 사람들은 일찍 죽는 건가? 그럴 수도 있겠다 싶었다. 선한 사람. 용감한 사람. 주위를 둘러봤다. 나를 구해준 그 남자는 벌써 보이지 않았다. 뭐, 상관없겠지. 오늘이 지나면 평생 마주칠 일 없을 사람들이다. 나완 너무 다른 사람들. 남을 위해 나를 내던지는 사람의 마음을 나는 상상할 수 없다. 잊어버리자. 위험한 일은 용감한 사람들의 몫으로 남겨두자. 그렇게 생각하니 마음이 편해진다. 엉뚱하게 배가 고프다. 사람은 살길을 찾자마자 배 채울 궁리부터 한다는 생각에 웃음이 나온다. 지금이라면 뭐든 뱃속에 집어넣을 수 있을 것 같다. 악어라도 통째로 삼킬 수 있을 것이다.

"아저씨!"

누가 부르는 소리에 퍼뜩 정신이 들었다. 눈앞에선 커다란 비닐하우스가 불길에 휩싸여 시커먼 연기를 뿜고 있었다. 진압대원들이 쉴 새 없이 물을 뿌렸지만 내부의 자재들이 땔감 역할을 하는 바람에 겨우 화세를 진정시키는 수준이었다. 비닐하우스의 한쪽 벽면을 타고 불길이 바로 옆 창고로 옮겨붙었다. 연료와 시너, 농약 같은 것을 보관하는 곳이었다.

"저, 저, 등신들! 아저씨! 저기 봐봐요! 예?"

다른 대원들은 하우스에 붙은 불길을 잡느라 정신이 없었다. 나는 구급대원이라 방화복이며 공기호흡기며 아무것도 착용하지 않은 상태였다. "씨팔, 들어가서 끄라고." 나한테 하는 소리 같았다. 아니, 나한테 하는 소리였다. 펌프차로 뛰어가 호스가 연결된 관창을 끌어왔다. 불을 뿜는 창고 앞에 섰다. 무서웠다. 열기 때문에 눈이 말라서 따끔거렸다. "들어가라고!" 반사적으로 노즐을 열었다. 관창을 잡은 손이 벌벌 떨렸다. 창고 입구를 지나는데 시커멓고 허연 뱀 같은 연기가 달려들었다. 안쪽에서 무언가 펑 펑 소릴 내며 터졌다. 아까 점심 먹고 아내에게 전화할걸, 출근 전날 애들이 통닭 먹고 싶다고 했을 때 그냥 시켜줄걸, 후회가 되었다. 몸은 뜨거웠지만 가슴은 서늘했다. 준비운동도 없이 살얼음이 낀 죽음의 강을 향해 뛰어드는 기분이었다.

이후엔 또렷한 기억이 없다. 어찌어찌 불을 잡긴 했지만 좋은 소린 못 들었던 것 같다. 뼈대만 남은 비닐하우스, 불길에 녹아 바닥으로 흘러내린 농기구, 눌어붙어 한 덩어리가 된 고무 타이어를 배경으로 우리는 또 다른 배경이라도 된 양 입을 꾹 닫고 허리를 숙인 채 장비를 정리했다. 갑자기 배가 고팠다. 라면이라도 먹으면 좋겠는데 먹는다고 해결될 허기는 아니었다. 인정머리 없는 여름 해가 내내 등짝에 올라타 있어 허리가 아팠다. 몸을 일으켰다. 멀찍이 담배 태우며 구경하는 노인, 흘끔거리며 지나가는 학생들이 보였다. 엄마 손을 잡고 신기한 듯 이쪽을 보는 어린애도 눈에 들어왔다. 아이와 눈이 마주쳤다. 아이는 머리 위로 한 팔을 들어 올리더니 나 보라는 듯 크게 손을 흔들었다. 나도 손을 흔들었다. 그러자, 배고픔이 조금 가셨다.

소방관은 몇 급 공무원인가요

○

모 결혼정보회사의 등급표를 본 일이 있다. 처음 봤을 땐 솔직히 웃겼다. 21세기에 사람을 15개 등급으로 나누어 놓는다는 발상 자체가 이해되지 않았고, 등급별 분류 기준 또한 터무니없다고 생각했다. 몇 개만 예를 들어보면 이렇다. 분류표상 1등급 남성은 서울대 출신 판사, 속칭 경판이다. 1등급 여성으로 분류되기 위해선 부모님이 장차관급 공무원, 국회의원, 혹은 지자체장이거나 1000억 원 이상의 자산을 보유해야 한다. 이상은 너무 별세계의 이야기 같아서 한 5등급쯤으로 기준을 낮춰보면 남성은 메이저 의대 출신의 대학병원 의사 혹은 금융권 공기업 입사자가 해당되고, 여성은 비非스타급 연예인 또는 비非메이저 언론사 아나운서, 그리고 미스코리아 대회 미입상자가 여기에 속한다. 이제 욕심을 버리고 9등급 남녀가 되기 위한 자격요건을 살펴보지만, 국내 20대 기업 입사자나 메이저 시중은행 혹은 국책은행 입사자란 조건이 따라붙는다. 내가 몸담은 조직에서 일하는 남성은 15개 등급 가운데 14번째로 분류된다. 그래서 어쩌다 친한 친구들이 "소방관도 공무원인데 너는 몇 급이냐?" 하고 물으면 농담처럼 답한다. 14급 공무원이라고.

14급 공무원의 직책은 크게 세 가지로 나뉜다. 가장 일반적인 건 불 끄는 사람, 즉 방화복을 입고 화마를 상대하는 사람들이다. 국민에게 가장 익숙한 용감하고 영웅적인 이미지의 소방관인 이들을 우린 진압대원이라 지칭한다. 두 번째는 산을 타거나 물에 뛰어드는 구조대원이다. 소방관들 사이에선 강한 체력을 갖추고 다양한 구조 장비를 다루는 데에 특화되어 있는 이 사람들이야말로 가장 폼 나는 소방관이라 말하곤 한다. 세 번째는 우리 구급대원이다. 동네북, 주취자 처리반, 택시, 저승사자, 피투성이 소방관 등등등. 몇 가지 별명으로 우릴 설명할 수 있다. 그래서 먼저 나서서 구급차를 타고 싶어 하는 나 같은 별종을 제외하면 대부분의 직원은 인사이동 시즌마다 구급대원으로 배정이 될까 두려운 기색을 감추지 못한다. 직원들이 구급대를 기피하는 이유엔 여러 가지가 있지만, 무엇보다도 상상도 못 한 인간 군상들을 상대하는 데서 오는 스트레스가 가장 큰 문제다.

구급차를 자주 이용하는 이들은 대부분 가난한 사람들이다. 경제적으로 가난한 건 물론이요 마음까지 가난한 사람들. 그들은 택시비가 아까워 집 앞까지 걸어 나와 구급차를 부르고, 술 취한 새벽마다 헤어진 애인에게 하듯 119에 전화를 건다. 가난을 벗어나고자 제 나라를 떠나 시집온 외국인 노동자는 삼촌뻘의 남편에게 매일 두들겨 맞고, 우울증에 걸린 엄마는 어린 딸이 보는 앞에서 샤워 호스로 목을 맨다. 움직이지 못해 달 뒷면의 분화구처럼 등짝이 온통 욕창으로 뒤덮인 남자는 겨우 쓸 수 있는 한쪽 팔로 119에 전화를 걸어 선풍기를 틀어달라고 말한다. 일을 시작한 지 얼마 되지 않았을 땐 그런 가난이 지긋지긋했다. 출동 마치고 돌아오는 길이면 염치없고 몰상식한 인간들을 욕하기 바빴다. 그런데, 수년간 구급차를 타며 깨달은 것은 이러한 가난이 결코 유별난 게 아니란 사실이었다. 가난은 예상보다 광범위하게 우리 사회를 뒤덮고 있었고 그 뿌리 또한 깊었다. 내가 그 일부가 되지 않은 건 단순히 운이 좋았기 때문이었다.

나는 운이 좋아서 화목한 가정에서 태어났고, 선한 배우자를 만났으며, 참으로 다행스럽게 건강한 자식들을 얻었다. 말단이나마 나랏밥을 먹을 수 있게 된 것도 한참 소방 조직이 몸집을 불리던 시기에 운 좋게 시험을 본 덕이었다. 여기 적은 것 중에 어느 하나만 운이 따라주지 않았다면 나 또한 가난의 일부가 되었을지도 모른다. 그렇게 생각하자, 구급차를 부르는 사람들이 달리 보이기 시작했다. 어쩌면 내 몫이 되었어야 할 불행을 그들이 짊어지고 있다는 생각이 들었다. 그리고 그 불행의 무게를 덜어주는 내 일이 좋아지기 시작했다.

우리끼린 소방서가 별 볼 일 없는 사람들이 모인 곳이란 이야기를 곧잘 한다. 공부를 정말 잘했다면 소방 조직이 아니라 정부 요직에서 일하는 공무원이 되었을 것이고, 소방관들 체력이 암만 좋아도 본격적인 운동선수만큼은 못하다는 등등의 이유에서다. 불 끄거나, 인명구조를 하거나, 응급 처치를 하는 일은 물론 충분한 역량을 갖추어야 가능하지만 일반인이 접근 불가능한 어떤 고도의 기술력을 필요로 하는 것은 아니다. 간단히 말해, 소방서에 모인 건 지극히 평범한 사람들이고 그들은 누구나 할 수 있는 일을 한다. 사실이 그렇다. 사람을 돕는 건 굳이 소방관이 아니어도 가능하다. 세상에 '부자가 되는 법'에 대한 책은 많지만 '가난한 사람을 돕는 법'에 관한 책이 없는(앞으로도 없을) 까닭도 그것이 딱히 방법이랄 게 없기 때문이다. 다만 가난은 손 놓고 있는 시간이 길어질수록 눈덩이처럼 불어나기 때문에 거기에 파묻히지 않으려면 삽 한 자루라도 들고 가서 부지런히 눈을 퍼내야 한다. 그리고 그 삽은 많을수록 좋다. 그러므로 가난한 사람의 불행을 덜어주는 일이라고 다소 거창하게 소개했지만 그건 삽 한 자루, 아니 한 줌의 마음만 있으면 누구나 할 수 있는 일이다. 그게 바로 내가 하는 일의 본질이다.

출동을 나갈 때 영화처럼 배경음악이 주변 공간을 채우진 않는다. 카메라가 대원들의 굳게 다문 입과 불타는 눈동자를 클로즈업으로 담지도 않는다. 장엄한 음성으로 '소방관의 기도' 같은 유명한 시를 내레이션이 읊어주지도 않는다. 그리고 이게 가장 중요한데, 우리를 기다리는 건 구해주기만 하면 인생 역전의 반전을 가져다줄 부유한 주인공이 아니라, 구해줘도 대원이 친절하지 않았다며 소방서에 민원을 거는 가난한 엑스트라다. 그렇듯 화려한 연출 없이 약자를 돕는 우리를 두고 세상은 고귀한 일을 한다고 말한다. 그리고 알다시피, 말로만 한다. 약자를 돕는 일을 정말 고귀하게 여기는 세상이라면 지금과는 분명 다른 모습일 것이기 때문이다. 그건 유리병에 갇힌 고귀함이나 다름없다. 같은 맥락에서 나는 내 일을 고귀하다고 말하는 것도 좋아하지 않는다. 그 단어에는 명품 시계나 고급 승용차 같은 뉘앙스가 있다. 밖이라면 몰라도 구급차 안에서 그것들은 산소한 모금만큼의 쓸모도 없다. 그래서 차라리 필요한 일을 한다고 말하는 게 좋다. 그 편이 정확할뿐더러 어려운 사람들에게 '고귀한' 내가 다가간다는 느낌을 주지 않기 때문이다. 그러므로 내가 스스로에게 내리는 평가는 다음과 같다. '필요한 일을 하는, 별 볼 일 없는 사람'. 아마 등급표를 만든 사람도 비슷한 판단을 했을 것이다.

결혼정보회사의 등급표가 일종의 필터 같다는 생각을 한다. 예를 들어 1등급의 사람이 5등급의 사람을 이해하려면 그 사이의 2·3·4등급 세 개의 필터를 거쳐야 하고, 구급차를 타는 15등급 바깥의 가난한 사람들을 이해하려면 최소 14개의 필터를 거쳐야 하는 식이다. 물질적 풍요와 사회적 지위가 공감 능력의 지표가 된다는 주장은 하기 어렵지만, 높은 곳에 있는 사람들이 낮은 곳의 사정을 이해하려면 큰 노력을 해야만 한다는 사실은 부정할 수 없을 것이다. 그런 면에서 나는 지금의 위치가 만족스럽다. 가난한 사람들을 눈높이에서 보고 필요한 일을 하는 낮은 자리가 좋다. 마지막 15급이 아니라 14급으로 분류된 게 조금 아쉽긴 하지만, 이 자리를 빌려 등급표를 만들고 나의 위치를 확인시켜 준 분에게 감사라도 전하고 싶은 마음이다.

나는 14급 공무원이다.

자식의 온도차

○

"세상에, 누가 찜질 팩을 대놨어."

비쩍 마른 노인은 말기암 환자였다. 열이 펄펄 끓는데 등허리에 찜질 팩을 몇 개나 받쳐놓았다. 곁을 지키는 자식들이 제 엄마가 추워서 그리했으리라 짐작이 되었다. 고막체온계 액정이 40도를 가리켰다.

노인에게선 옅은 죽음의 냄새가 났다. 그마저도 비누 향에 가려서 거의 느껴지지 않았다. 기저귀는 깨끗했고 어깨에 작은 욕창이 있었지만 잘 관리가 되고 있었다. 간이형 들것에 옮기는 동안 각질 하나 떨어지지 않았다. 고열 환자에게 찜질을 하는 몰상식이 갑자기 정성으로 느껴지기 시작했다. 노인의 옆엔 딸과 아들이 있었다. 아들이 보호자로 구급차에 동승했다.

"보호자분, 연락처랑 집 주소 좀 알려주시겠어요."
"아 네, ○○시 ○○면 ○○로 251입니다."
"○○시요?"
"네네. 엄마, 괜찮아? 나야."

짐작건대 아들은 못해도 4시간 거리를 차로 달려왔다. 병

세가 워낙 위중했기 때문에 혹시나 하는 마음이었을 수도 있으나, 구급대가 도착해서 확인했을 때는 열이 나고 기력이 없을 뿐 절체절명의 상황은 아니었다. 그저 염려가 되어 먼 거리를 달려왔으리라 생각했다.

구급차를 오래 타다 보니 보호자가 정말 환자를 걱정하는지 아닌지를 가늠하는 지표가 몇 개 생겼다. 그중 하나는 보호자가 응급실 간호사를 대하는 태도다. 대기하는 동안, "울 엄마는 응급이 아닌가, 엉?" 하면서 간호사를 몰아세우는 사람들은 보통 환자는 안중에도 없는 이들이다. 간호사가 곧 환자를 살피는 사람인데 날을 세우는 건 제 부모나 자식이 진심으로 염려된다면 할 수 없는 행동이다. 반대로 묵묵히 기다리다가 간호사가 다가오면 "감사합니다" 인사부터 하는 이들이 있다. 이런 사람들은 앞을 내다볼 줄 아는 것이다. 노인의 아들은 후자였다. 엄마가 구급차에 실려서 병원 침대까지 옮겨 가는 동안 한시도 눈을 떼지 않았다.

같은 날 점심 식사를 마칠 즈음 출동이 또 걸렸다. 도심에서 조금 떨어진 시골 마을이었다. 택시에서 내리다가 쓰러졌다는 신고였다. 현장에 도착하니 술기운에 얼굴이 벌겋게 달아오른 노인이 허리를 도로 연석에 받치고 아스팔트 위에 앉아 있었다. 활력징후는 모두 정상이었다. 그렇다

고 해가 정수리에서 지글지글 끓는 날씨에 그냥 내버려두
고 갈 수는 없었다.

"아버님, 신분증 있어요?"
"어, 어. 이거."
"여기가 집 주소 맞아요?"
"어, 어."
"가까우니까 모셔다드릴게. 병원은 안 가실 거예요?"
"안 가."
"여기 지갑에 넣어둔 번호, 이건 누구예요?"
"딸."

　노인을 부축해서 구급차에 앉힌 뒤 딸에게 전화를 걸었
다. 전후 사정을 설명하고, 만취한 노인이 귀가하면 넘어지
거나 해서 다칠지도 모르니 와서 지켜보는 게 좋겠다고 말
했다.

"제가 좀 멀리 살아서요."
"어디신데요?"
"○○동이요."

"아, 네." 차로 15분 거리였다. 그래도 당사자가 멀다고 느끼면 먼 거다.

"집에 가면 저희 오빠도 있고요. 맞다, 지금은 밭에 일 나갔으려나? 아무튼, 저희 아버지, 그거 일상이에요."

대수롭지 않게 얘기를 해서 나도 마음을 놓고는 싶은데, 타고난 오지라퍼라 그게 잘 되지 않았다. 집에 도착하니 노인의 아들은 정말 일을 나갔는지 보이지 않았다. 노인을 부축해서 침대 위에 뉘었다. 그러자 그가 갑자기 몸을 일으키며 내 손을 쥐었다.

"어우, 영감님이 웬 기운이."
"얼마야."
"예? 아, 돈 안 주셔도 돼요."
"얼마야."
"돈 받으면 안 돼요. 큰일 나요."

아쉬운지 입맛을 쩝쩝 다시며 노인은 손에 준 힘을 풀었다. 집을 나서려는 동안 자꾸 몸을 일으키려고 해서 다시 몇 번인가를 자리에 앉혔다. 서둘러 문을 닫고 나왔다. 뒤통수에 노인의 두 눈이 달라붙은 듯한 착각이 들었다.

노인은 하루가 멀다 하고 술에 취해 쓰러져 있었다. 고치려 했는데 잘 되지 않은 건지 아니면 아예 고칠 생각을 하지 않은 건지는 몰라도, 그 습관은 아주 오래전부터 이어진 것처럼 보였다. 한두 번이었다면 딸은 분명 택시라도 잡아서 노인에게 달려왔을 것이다. 하지만 그게 너무 자주 반복되었기 때문에 거기서 어떤 위기감이나 안타까움도 느끼지 못했을 것이다. 술 먹는 사람들의 절박한 핑계, '오늘은 피곤해서 한잔해야겠어' '일이 잘 풀리지 않아서 좀 마셔야 할 것 같아' '첫사랑이 날 떠났어. 오늘은 그걸 기념, 아니, 슬퍼해야 하니 한잔 마시자' '한잔하자. 왜? 잘 모르겠지만 분명 무슨 이유가 있을 거야' 같은 말들이 점점 지긋지긋해지는 걸 느꼈을 것이다. 그리고 동시에 그런 아버지도 지긋지긋해졌을 것이다. 사랑하는 사람이 술 마시는 걸 두고 그리 야박하게 굴 일이냐며 따지고 싶은 사람이 있을지도 모른다. 내 생각에 그건 그 사람 주변에 본격적으로 술 먹는 사람이 없어서 그런 거다. 한 주에 한두 번 식탁에서 병마개를 열 때 아이들은 내게 말하곤 한다. "아빠는 고주망태야." 언뜻 우습게 들리지만 그 말은 뼈아픈 진실을 드러낸다. 아이들 눈에 내가 고주망태라는 것. 그리고 그 모습이 아이들이 생각하는 바람직한 아빠의 모습과는 거리가 멀다는 것. 한 두 번도 이런데 매일 술을 마시는 아버지가 어느 자식 눈에 좋아 보일까.

결국 노인을 외롭게 만든 건 노인 자신이었다. 술 마시길 멈추지 않은 건 그의 선택이었으니까. 한편으론 안타까운 마음이 들었지만 평생 그를 지켜본 자식들을 생각하면 나부터도 노인이 좋게 보이지 않았다. 어쩌면 그건 내가 만난 최악의 외로움이었다. 손 내미는 게 꺼려지는 외로움. 위로를 받지 못하는 외로움. 내 삶의 당연한 결말로서 받아들여야 하는 외로움. 누구도, 심지어 자식조차 이해할 수 없는 외로움.

구급차를 타고 집 주변을 한 바퀴 돌았다. 혹시나 노인의 아들을 만나면 집에 좀 가보시라고 얘기할 심산이었다. 근처를 지나는 사람은 아무도 없었다. 마냥 머무를 수가 없어서 느릿느릿 마을을 빠져나왔다. 그제야 뒤통수에 붙은 두 눈이 떨어져 나갔다.

어렸을 땐 똑똑했어요

———————————————————————————————— ○

세상의 모든 부모님처럼 우리 엄마 아버지도 내가 천잰 줄 알았더란다. 차창 밖으로 비치는 달이 차를 쫓아온다고 말했을 때나, 11이 영어로 일레븐이면 12는 이레븐이라고 말했을 때 그런 생각을 했단다. 공부도 꽤 잘했다. 중학교 땐 몇 번인가 전교 1등을 해서 어른들이 우리 집안에서 법조인이 나오겠구나, 외교관이 나오겠구나 말씀하시던 기억이 난다. 교회를 다니는 엄마의 기도문엔 아들이 유능하고 정직한 지도자로서 세상에 귀감이 되는 삶을 살게 해달라는 대목이 있었다. 그래서 나는 당연히 그런 사람이 될 줄 알았다. 높은 곳에서 평범한 사람들을 굽어보는 사람. 또는, 돈 잘 버는 사람.

언젠가부터 공부를 못했다. 차 사고가 난 뒤로 허리 디스크가 터지는 바람에 다리가 너무 아파서였을 수도 있고, 아픈 김에 아픔을 잊을 수 있는 소설책에 빠진 탓일 수도 있고, 책을 읽기 시작하면서 입시에 도움 안 되는 생각들이 내 안에서 꽃피었기 때문일 수도 있다. 여하튼 나는 모범생과는 거리가 멀어지기 시작했다. 똑똑한 나는 아주 희미한 잔상만 남아서 때때로 얼마 남지 않은 자존심을 건드렸다. 친한 친구 하나는 서울대에서 박사를 한 뒤 잘나가는 연구원이 되었고, 다른 친구는 대학병원 교수가 되어 한 달에 천만

원은 우습게 번다는 소식이 들렸다. 그즈음 나는 자칭 예술을 하고 있었다. 연극판과 영화판을 쫓아다녔다. 그러면 나 빼고 여전히 똑똑한 친구들에게 꿀리지 않을 것 같았다.

내가 과거의 망령으로부터 벗어난 건 소방서에서 일하기 시작한 뒤부터다. 정확히는 구급차를 타면서부터다. 현장에서 마주한 무수한 삶과 죽음은 똑똑했던 나를 뿌리째 흔들어 뽑아버렸다. 대신 마음속에 다른 무언가가 싹트기 시작했다. 인내, 용기, 연민, 사랑, 어느 한 단어로는 잘 설명이 되지 않는 감정이었다. 그리고 그것은 똑똑한 사람들이 코웃음 치는, 세상의 가장 깊고 낮은 자리에 숨어 있었다.

○

1월 초의 어느 날, 세 들어 사는 남자가 아프다는 신고를 받았다. 날씨는 삐친 우리 와이프처럼 추웠다. 출동하려고 시동을 거는데 구급차가 컹컹컹컹 기침을 했다. 한참을 달려도 히터에선 찬 바람만 쏟아졌다. 현장에 도착할 즈음에야 겨우 미지근한 바람이 나오기 시작했다.

남자의 집은 샌드위치패널로 지은 가건물이었다. 그것도 월세로 살았다. 철로 된 문고리에 손을 대자 습기를 먹은 니

트릴 장갑이 쩍 달라붙더니 손바닥이 통째로 뜯어졌다. 문을 열었다. 집 안은 바람만 들이치지 않을 뿐 냉동실이나 다름없었다. 하얀 러닝셔츠에 삼각팬티만 입은 남자가 바닥에 웅크리고 앉아 덜덜 떨고 있었다. 길게 자라 떡 진 머리 안쪽에서 흐리멍덩한 두 눈이 불안하게 흔들렸고, 손발톱은 길게 자라다 못해 매의 그것처럼 아래로 휘었다. 아무렇게나 던져놓은 옷가지 사이사이로 남자가 싼 똥이 얼음이 돼서 굴러다녔다.

"어렸을 땐 똑똑했어요."

뒤따라온 집주인이 말했다. 그 말을 증명이라도 하듯 벽을 따라 늘어선 선반엔 이름 있는 책들이 빼곡했다.『국가』,『자본론』,『자라투스트라는 이렇게 말했다』,『꿈의 해석』,『파우스트』,『정의란 무엇인가』 등등. 그토록 똑똑했던 남자가 광인이 될 수밖에 없었던 이유가 무얼까 궁금했다. 그의 부모가 원인이었는지, 산더미처럼 쌓인 책이 원인이었는지, 어쩌다 신이 실수로 설계한 운명이 원인이었는지 알 수 없었다. 어렸을 때부터 남자를 보아온 집주인은 무언가 알고 있었겠지만 굳이 캐묻지 않았다. 똑똑했던 그의 과거보다 곧 얼어 죽을지 모르는 지금이 중요했다. 바닥에 구겨져 있는 옷가지 중에 두터운 것들을 골라 남자에게 입혔다. 체온이 조금 낮은 것 외엔 문제가 없어 집주인에게 일단 난방부터 하고 상태를 지켜보자고 말했다. 썩 내키지 않는 눈치였다. 내심 구급차로 실어다 어디 정신병원에라도 입원시키길 바랐던 건 아닐까 생각했다.

남자는 지구의 가장 춥고 어두운 그림자 속에 숨어 있었다. 아마도 월세를 받기 위해 때때로 방문을 두드리는 집주인만이 그를 기억하는 유일한 사람이었을 것이다. 만약 내가 구급차를 타지 않았다면, 내내 똑똑해서 꿈꾸던 대로 훌륭한 사람이 되었다면 그 남자를 보고 뭐라 말했을까. 패배자. 구제 불능. 아까운 세금을 축내는 밥버러지. 어쩌면 입에 담을 가치도 못 느껴서 침이나 한 번 뱉고 말았을지도 모른다. 그러나 어릴 때 이후로 더는 똑똑하지 못한 덕에 나는 그 남자를 눈앞에서 볼 수 있었고, 나와 같은 사람이라 여길 수 있었다. 그리고 그것이 본래 옳은 일이란 걸 깨달았다.

나는 지금 똑똑한 사람들을 싸잡아 비난하려는 게 아니다. 똑똑한 사람들 중엔 세상을 이로운 방향으로 바꾸는 이들이 있다. 그들은 달로 로켓을 쏘아 올리고, 바다거북의 콧구멍에 플라스틱 빨대가 꽂히는 것에 대해 염려하며, 라면 한 봉지를 끓여서 여동생에게 절반을 나누어준다. 문제는 나 같은 소인배들이 머릿속에 너무 많은 걸 집어넣었을 때 벌어진다. 그들은 바다에 똥물을 풀거나 들키지 않는 경제 사범이 되기 위해 최선의 노력을 한다. 다른 사람의 뒤통수에 돌려차기를 날려 기절시키고 욕망의 도구로 쓰는 괴물들도 있다. 경제적 이득, 일차원적 쾌락, 타인을 짓밟아 손에 넣은 명예 같은 것들이 그들이 최우선으로 추구하는 삶의 가치다. 그리고 그건 분명 인간의 삶이 아니다.

여태 내가 천잰 줄 아는 우리 엄마 아버지는 조금 실망할 수 있는데, 사실 나는 보통 사람이고 싶다. 보통 사람은 달에 로켓을 띄울 수 없다(아주 애를 쓰면 라면을 나눠주는 일은 가능할 것이다). 대신 세상에서 보통 사람이 가지는 역할이 하나 있다. 그건 가장 보통의 역할이고 그래서 가장 중요한 일이다. 바로 타인을 나와 같은 인간으로 보는 것, 그래서 세상을 보통 사람들의 온기로 채우는 것이다. 나는 그 역할이 우리가 사는 땅에 지금껏 생명을 불어넣었다고 믿는다. 진정한 의미에서 인간이 인간으로서 살게 만들었다고 믿는다.

그러므로 똑똑한 나는 더 이상 나의 찬란했던 과거가 아니다. 그것은 그럴싸한 빈 껍데기였고, 벗어나지 못했다면 죽는 날까지 내 눈을 멀게 했을 위험한 길잡이였다. 똑똑한 내가 죽은 뒤에야 비로소 난 살게 되었다.

문 좀 고쳐주세요

○

지령서에 익숙한 주소가 떴다. 고속도로 IC로 이어지는 고개를 넘기 전, 골프 연습장 맞은편의 조립식 건물이었다. 주소가 눈에 익을 정도라면 최소 서너 번은 동일 장소로 출동을 나갔다는 걸 의미한다. 소위 수시 이용자, 우리끼린 '네임드 유저named user'로 통하는 부류의 구급 요청이었다.

네임드 유저란 병력이나 출동 요청의 사유가 특색 있거나 성벽이 거칠어 주의를 요하는 신고자로서, 최소 한 달에 한 번 주기로 구급차를 부르는 이들을 통칭한다. 하도 자주 얼굴을 보다 보니 지령서의 주소지나 신고자 전화번호만 보아도 내 경우엔 네임드 유저 개개인을 지칭하는 별명이 머릿속에 떠오른다. '주공 3차 사람 잡는 해병대', '2AM 마담 시스루', '한 병밖에 안 마셨어', '나도 소방관이다' 등등. 그중에서도 본 출동 지령의 주소지는 무려 '소설가 선생'이 거주하는 곳이었다.

소설가 선생은 올해 초만 해도 남동생, 엄마와 함께 살고 있었다. 두 달 전쯤 선생의 엄마가 심장마비로 죽었다. 그 당시 선생은 도내의 정신병원에 자의로 입원 중인 상태였다. 몇 차례 선생을 이송하면서 알게 된 바로는 본래 그가 굉장히 똑똑한 사람이고 썩은 세상과 섞일 수 없을 만큼 순수하며, 어릴 적 지고지순한 첫사랑에 실패한 까닭으로 현재 가난을 이불처럼 뒤집어쓰고 산다는 것이었다(이런 진술은 모두 선생의 독백을 근거로 한다). 구급차에 오르기 전 그의 양손엔 언제나 보따리에 바리바리 싼 노트 수십 권과, 최소한 계절을 나기 위한 옷 뭉치가 들려 있었다. 정신병원은 그의 창작 활동에 영감을 불어넣는 듯했다. 병원 입구에 내려줄 때면 매번 나의 이름을 물어왔다. 소설에 주인공으로 쓰고 싶다는 것이었다. 어째서 그때마다 본명을 이야기해 주었는지 알다가도 모를 일이다.

신고자는 선생의 동생이었다. 자기가 유리에 손을 다쳤다고 했다. 동생은 형에 비하면 말수도 적고 늘 주눅이 들어 있어서 출동 때마다 눈에 잘 띄지 않았다. 사람을 피하는 부류인 것 같은데 유리에 손이 베인 정도로 구급차를 부른 게 이상했다. 불안감과 더불어 짬밥에서 비롯한 희멀건 기시감이 느껴졌다.

집 앞은 온통 피바다였다. 총에 맞은 짐승이 도망간 것처럼 입구 주변에 시뻘건 발자국이 이리저리 쇄도했다. 얼마나 당황을 했는지 알 수 있었다. 이웃집 남자가 호스를 끌어다 제 집 마당에 피가 넘어오지 않도록 연신 물을 뿌려대고 있었다.

옆집 남자가 구시렁대는 걸 듣는 둥 마는 둥 서둘러 집

안으로 들어갔다. 안방으로 이어지는 문은 대학가 주점 뒤편의 남녀 공용 화장실 문처럼 양철 프레임에 격자무늬 유리를 끼워 넣은 것이었다. 유리는 박살이 나 있었다. 그리고 거기서부터 온 집 안에 피가 낭자했다. 소설가 선생의 동생은 러닝셔츠에 팬티 한 장만 달랑 걸친 차림이었다. 오른손에 쥔 더러운 걸레로 왼쪽 팔목을 누르며 기진한 듯 옆으로 누워 있었다. 주변에 쏟아진 피를 연신 닦아낸 흔적도 보였다. 방이 더러워지든 말든 목숨을 부지하는 게 먼저일 텐데, 보통 사람의 상식으론 이해가 불가능한 행동이었다.

"환자분, 환자분."
"……."

초점 없이 졸린 눈.

"선생님! 저 누군지 아시겠어요?"
"……네."
"어디 좀 봐봐요. 아오, 왜 이래 이거. 어쩌다 그랬어요!"

왼쪽 팔목이 그야말로 아작이 났다. 가로세로 구분 없이 깊게 파인 상처가 대여섯 곳은 되었다. 터진 상처 바깥으로 개울물처럼 졸졸졸 피가 흘러나왔다. 동맥성 출혈이 아니라 그나마 다행이었지만, 시간차가 있을 뿐이지 출혈량으로 보아 머잖아 상태가 심각해질 것 같았다. 일단 멸균거즈와 압박붕대로 상처를 지혈했다.

"……방 안에…… 누가…… 있어요."

"네?"

방 안을 둘러보았다. 사람 그림자도 보이지 않았다.

"아무도 없는데요?"

"……방 안에서, 누가, 문을 잠가서……."

"아아…… 그래서 부순 거예요? 이쪽 손으로?"

"……네."

혈압을 체크했다. 수축기가 70을 조금 넘겼다.

"하아…… 병원까지 쏴야겠다."

늘어진 환자의 몸을 겨우겨우 들것에 실어 구급차로 옮겼다. 구급차에서 할 수 있는 일이라야 아주 기초적인 소생술이고, 장비와 위생 환경의 열악함 탓에 외상 환자에게 해줄 수 있는 처치는 제한적이었다. 지혈 부위를 다시 체크하고 비재호흡 마스크로 산소를 주었다. 혹시 모를 상황에 대비해 자동 제세동기 패치를 환자의 몸에 부착했다. 멍하니 천장을 보는 환자의 얼굴과 제세동기 모니터를 번갈아 살피고 있던 내게 환자가 말을 걸었다.

"……저기요."
"네, 말씀하세요."
"문 좀 고쳐주세요."
"뭐라고요?"
"문 좀 고쳐주세요."
"……."

목숨이 오락가락하는데 문이 중요한가? 집에 있을 때도 걸레로 바닥 닦을 시간에 신고부터 했으면 상황이 이 지경이 되진 않았을 텐데. 정신병력이 있으니 이해를 해야 했지만 바로 코앞의 말초적인 어리석음을 보고 있자니 분통이

터졌다. 창문을 열고 욕지거리를 하고 싶은 걸 간신히 뱃속으로 삼켰다. 대신 퉁명스럽게 한마디 했다.

"제가 그걸 왜 고쳐요."

병원에 도착했을 때 출혈도 많고 상처도 깊다고 법석을 떠는 나완 달리 환자 분류(트리아제) 간호사는 침착했다. 수액을 연결하고 발 아래를 모포로 받쳐서 혈압이 조금 돌아온 데다, 환자의 정신이 기본적인 대화를 할 수준은 되었기 때문에 곧장 심각하게 받아들이지 않는 것 같았다.

"다 됐으니까 이제 가보세요."

그 말에 마음을 놓았다. 병원까지 왔으니 어떻게든 되리라, 나보다 훨씬 환자를 많이 보는 사람들인데, 하고 돌아서려 했다. 마지막으로 환자의 얼굴을 보았다. 눈이 마주쳤다. 그가 입을 열었다.

"문 좀 고쳐주세요."
"……알았어요. 고쳐드릴게."

귀소하는 길에 관대한 마음이 되었던 건지, 그의 광기와 어리석음에 안쓰러움을 느꼈던 건지는 모르겠으나 어쨌거나 약속을 해버렸다. 그리고 차를 돌린 지 30분쯤 지나 병원에서 연락이 왔다. 환자가 사망했는데 연고가 불확실해서 문의를 한다는 것이었다.

머릿속이 애매모호한 질문들로 가득 차서 그날 하루는 입을 열기 어려웠다. 미치광이 형과 그걸 평생 뒷바라지하다 심장마비로 죽은 엄마, 그리고 출처 없는 공포감에 집어삼켜져 유리문을 박살 내고 자멸해 버린 동생. 신이 있다면 여기 어디에 의미를 심어놓았고, 이들의 삶은 왜 이런 결말을 맞아야 하는지 그냥 한번 물어나 보고 싶었다.

나는 이때 인생의 자명한 의미 따위는 본래 실체가 없고, 부자가 되라느니 인류의 평화를 위해 노력해야 한다느니 사랑하며 살라느니 하는 등의 구호는 그저 삶의 의미 없음에 따른 지독한 발버둥이 아닐까 하는 가정에 반쯤 동의한 상태였다. 말하자면 이 직종 특유의 직업병에 감염이 된 듯했다. 감기처럼 종종 찾아오는 이것은 내가 어린 시절 엄마한테 사람은 왜 죽어야 하느냔 질문을 하고 답을 얻지 못했을 때 경험했던 증상과 유사한 양상을 보인다. 이 병에 걸리면 우선 당장에 답을 얻지 못할 경우 가슴이 터져버릴 것 같은 물음들이 머릿속에 가득 찬다. 그리고 생각을 곱씹을 수록 지독한 우울감이나 분노, 슬픔에 휩싸여 단시간 내에 대부분의 소방관이 지니고 있는 쾌활하고 진취적인 성정을 상실한다. 유일한 해결책은 애초에 생각을 하지 않았던 것과 같은 평온한 상태로 되돌아가는 건데, 이를 위해 혹자는 명상이나 운동을 추천하지만 나를 비롯해서 아는 동료들 중 80퍼센트 정도는 폭음에 따른 알콜성단기기억상실증에 의존한다.

그러므로 삶의 의미란 무엇인가. 이런 질문은 너무 거창하다. 대단한 결론을 내야 할 것 같다. 시간을 초월한 거장들은 그 답을 가지고 있겠지만 만취 상태로 현재에 파묻힌 내겐 또렷한 답이 없다. 박살 난 유리, 샘처럼 솟는 피, 쇠맛이 나는 공기 외엔 전부 흐릿하다. 아니, 한 가지 더 있다. 목소리. 잊고 싶은 그 목소리도 또렷하다. "문 좀 고쳐주세요." 어쩌면 거기에 의미가 있는지도 모른다. 두 눈을 가린 채 운명의 탁류에 거꾸로 처박힌 사람에겐 살기 위해 두 팔을 휘두르는 일, 그러다 손에 잡히는 무언가를 부서져라 쥐는 일이 가장 중요하기 때문이다. 그렇다면 나의 삶도 그것과 다르지 않다. 겉보기엔 멀쩡해도 사랑하는 당신, 아이들, 소중한 인연들, 나의 일, 곧 눈앞의 현재를 놓치지 않기 위해 죽어라 팔을 휘두르고 있기 때문이다. 그러므로 공포에 떨던 그 남자와 나는 같다. 위대한 사람들이 정한 위대한 미래는 우리에게 의미가 없다. 가장 중요한 건 문을 고치는 일이다.

퇴근길에 망자의 집 앞에서 차를 세웠다. 그리고 한 5분쯤 멍청하게 서 있다가 그냥 돌아갔다.

크리스마스 비망(배변)록

○

비망非忘이라고 하면 잊지 않고자 한다는 말이다. 거기에 글줄을 덧대어 기록으로 남기는 것을 비망록이라 하는데, 말이 좋아 비망록이지 그날의 기록은 나에게 있어 평소보다 조금 더 지독한 수위의 트라우마나 다름없다. 잊지 않고자 하는 게 아니라 잊히지 않는 것에 가깝고, 남아 있는 이미지의 잔상을 조금이나마 흩어내려는 배변 행위에 가깝다. 적어놓고 보니 딱 맞는 말이다. 제목으로 쓰기엔 격이 다소 떨어지기 때문에 괄호 안 설명으로 덧붙였다.

사람들이 착각하는 것 중 하나는 스스로 목숨을 끊는 이들이 우중충한 날씨에, 특별하고 우울한 계기가 시발점이 되어 잘못된 결심을 한다는 점이다. 물론 그런 사람들도 있다. 연인과의 이별 탓에 순간적인 슬픔을 이기지 못하고 통곡하며 폭우가 쏟아지는 강물에 뛰어들거나, 부모와 말다툼하는 중에 욱해서 그대로 아파트 난간 너머로 뛰어내리는 사람도 보았다. 하지만 이건 다소 특수한 경우다. 사실 사람을 죽음으로 내모는 건 사랑과 평화, 그리고 두 어깨 위로 햇살이 부서지는 맑은 날씨다. 극단적으로 말하자면 그렇다.

누군가 가져온 블루투스스피커를 통해 사무실에서 모처럼 음악이 흘러나왔다. 소방관도 사람인지라 명절이나 공

휴일엔 업무는 좀 뒤로하고 텔레비전에 나오는 특선영화나 보면서 쉬고 싶고 그렇다. 그러나 통계적으로 휴일엔 출동이 많다. 집을 벗어나 움직이는 사람이 많기 때문이다. 더군다나 크리스마스처럼 거창한 타이틀이 붙은 휴일이라면 말할 것도 없다. 출근하고 정신없이 구급 출동을 다니다 보니, 오후 10시쯤 출동 가산금 기록부엔 16개의 출동 기록이 빼곡하게 적혔다. 우리끼리 얘기로 이미 만땅을 찍은(가산금은 출동 13건을 기준으로 더 늘어나지 않는다) 상태였다. 자정을 넘기기 직전, 애매모호한 메시지를 담은 지령이 떨어졌다.

"친구가 숨을 안 쉰다. 파티하려고 왔는데 상태가 이상하다."

크리스마스의 열기 탓인지 눈 한 점 내리지 않는 밤이었다. 가로수 가지마다 초록과 빨강, 노란색 꼬마전구가 매달려 재잘거리고, 코인 투자로 명절 보너스를 탕진한 가장이 구세군 모금함에 5만 원짜릴 던져 넣을 만큼 거리엔 따스한 기운이 흘러넘쳤다. 연인들은 서로의 눈빛에 취해 밤새도록 비틀거렸고, 구급차가 요란하게 사이렌을 울려대며 다가와도 비켜줄 생각을 않았다. 결국 현장으로부터 50미터쯤 떨어진 곳에 주차를 한 뒤 신고 장소로 향했다.

홈 바가 마련된 거실 겸 주방, 작은 방 두 개가 있는 아기자기한 투룸이었다. 거실 진열장에 놓인 와인병과 오래된 책 몇 권, 그 아래 넥이 휜 싸구려 통기타가 눈에 띄었다. 사람들은 홈 바 주변을 빙 두른 접이식 스툴에 말없이 앉아 있었다. 그중 한 사람이 고갯짓으로 화장실 쪽을 가리켰다.

그녀는 생각에 잠긴 표정으로 화장실 벽에 기대어 기마 자세로 앉아 있었다. 수건걸이에서 뻗어 나온 샤워 타월이 그녀의 목을 한 바퀴 감고 있었다. 핏기 없는 얼굴은 고통이나 슬픔마저도 사치인 양 무표정했다. 핑크빛 원피스 아래로 드러난 맨발은 검푸른 시반으로 얼룩덜룩했는데, 이 완전한 죽음의 증거조차 그녀의 얼굴에 덧씌워진 화려한 화장과 태연한 표정, 크리스마스에 맞춤인 복색 앞에 효력을 잃어 혹시 그녀를 되살릴 수 있지 않을까 하는 생각이 들었다. 경동맥을 짚었다. 모두가 숨을 죽였다. 그 자리의 고요를 전부 더한 것보다 깊은 고요가 혈관을 따라 흐르고 있었다.

앉아서 죽은 여인을 뒤로하고 밖으로 나왔다. 만취해서 길거리에 나앉은 객사 직전의 영혼 몇을 이승에 붙들어 둔 후에야 겨우 소방서로 돌아갈 수 있었다. 시계는 새벽 5시

를 가리키고 있었다. 퇴근 전에 유명한 햄버거 프랜차이즈
에 들러 고기 두 장, 빵 세 장을 겹쳐놓은 역시 유명한 그
햄버거로 요기를 하려 했으나, 이른 시간이라 다소 부실한
아침 메뉴밖에 판매하지 않았다. 아쉬운 대로 무슨 맛인지
도 모를 그것을 연료처럼 입안으로 욱여넣었다. 먹는 동안
눈치 없는 캐럴이 가게 안을 방정맞게 떠다녔다. 세상 즐거
운 음악이었다. 듣고 있으려니 낡아빠진 어른의 껍데기가
서서히 벗겨지는 것 같았다. 나는 탈피를 마친 파충류처럼
부들부들한 표피를 지닌 어린 짐승이 되었다.

○

"세상은 하나님의 영광입니다."

내가 말했다. 이어지는 탄성, 흐뭇한 눈으로 날 보는 엄
마, 우쭐해진 나, 나만큼이나 우쭐해진, 그때는 조금 젊었던
우리 할머니. 목사님이 퀴즈를 맞힌 내게 선물 꾸러미를 주
었다. 나는 참을성 있게 선물 꾸러미를 잘 간직하고 있다가
집에 와서 풀었다. 좋아하는 박스 과자가 들어 있었다. 엄마
는 크리스마스니까 다 먹어도 좋다고 했다. 하늘에는 영광,

땅에는 평화였다. 세상은 분명 전능한 신께서 자신을 있는 힘껏 드러낸 결과물이었다. 크는 동안 몇 번쯤 그 사실을 의심한 적은 있었다. 담임선생님이 나눠준 편지봉투에 엄마가 편지만 달랑 적어 보내는 바람에 오지게 손바닥을 맞았을 때나, 친하다고 생각했던 그 친구가 울 엄마가 지금 많이 아프단 얘길 해서 울며불며 집으로 뛰어갔더니 아주 멀쩡한 엄마를 만났을 때, 복도 결을 따라 왁스 칠을 하지 않았다고 뺨을 때린 후 교실로 부르더니 내 고추를 만지며 사과하는 선생님을 봤을 때, 결혼을 약속한 여자 친구가 허리 디스크 수술을 받고 누워 있는 내게 이별을 통보했을 때. 그러나 여전히 세상은 신의 영광이 드러난 것이라는 생각에는 변함이 없었다. 간헐적으로 불행이 찾아오긴 했지만 삶을 통째로 쓰레기통에 처박을 만큼은 아니었다. 그럭저럭 살 만했다.

구급차를 타기 시작한 뒤로 세상이 살 만하다는 생각은 무너졌다. 특히 소설에나 나올 법한 비참한 사람들을 볼 때 그랬다. 그건 이따금 불행한 삶과는 달랐다. 기본값이 불행인 삶이었다. 말 많은 사람들은 그들의 불행에 특별한 이유가 있다고 떠벌렸지만 내가 보기에 거기엔 아무 이유도 없었다. 그냥 자기도 모르게 불행 가운데 던져진 삶이었다. 개중에 요령 없이 착하기만 한 사람들이 많았으니 어쩌면 착한 게 불행의 원인인 것도 같았다. 나는 예전에 그런 사람들이 세상에 몇 없다고 생각했다. 보지 못했기 때문이었다. 그러나 그들은 너무 창피하거나 슬퍼서, 아파서, 내 발아래 그늘 속에 숨어 있다는 걸 구급차를 타면서 알았다. 그리고 그 수는 셀 수 없이 많았다. 하늘에는 영광, 땅에는 평화, 그 아랜 지옥이었다.

척박하고 정 없는 세상이다. 지독하게 부를 쌓아 올리고, 쉴 사이 없이 외모를 갈고닦고, 주변인들의 정수리를 알게 모르게 뒷굽으로 저며가며 권력을 손에 쥐어야 속물이란 말을 들을지언정 무시당하지 않는다. 숨 막히는 공기가 평범한 사람들의 목을 조르고, 이따금 죽음까지 몰고 간다. 그래서 어떤 이들은 살아남으려면 보다 잔인하고 냉정해지는 게 옳다고 말한다. 그러나 나는 좀 멍청해서, 울 엄마 말에 따르면 여전히 사춘기라서 착한 사람들에게 박스 과자가 담긴 선물 꾸러미가 주어져야 한다고 믿는다. 없으면 내가 만들어서라도 줘야 한다고 믿는다. 그렇게 믿으며 산다.

천곡동

○

긴 터널을 빠져나오자 비가 내렸다. 차가 아스팔트 위에 끈적하게 달라붙는 느낌. 뒷좌석에 앉은 아이들이 입을 삐죽거렸다. 바다에 비라니. 공기가 눅눅하게 가라앉았다. "시원하니 좋네." 내가 말했다. 아내도, 아이들도 대답하지 않았다.

숙소는 좁았다. 에어비앤비에 업로드된 광각렌즈로 있는 대로 잡아 늘린 사진만 보고 예약을 한 게 실수였다. 부엌과 분리되지 않은 좁은 거실엔 개털로 만든 것 같은 카펫이 깔렸고, 그 위로 삐걱대며 다리를 떠는 유리 테이블과 비좁은 똥색 소파 베드가 놓여 있었다. 거실과 침실은 연갈색 통유리로 구분되어 있었는데, 안 그래도 습기를 먹어 우중충한 볕에 우울한 빛깔까지 더해져 모처럼의 가족여행이 망할 거라고 예고하는 것 같았다. 바다에 가긴 글렀고 뭐 구경거리가 없을까 인터넷을 검색했다. 마침 숙소 근처에 '황금박쥐 동굴'이란 게 있었다. 어른의 직감으로 황금박쥐란 놈을 구경하진 못하리란 예감이 강하게 들었다. 그러나 아이들은 벌써 황금과 박쥐란 단어에 매료되어 호들갑을 떨기 시작했다. 햄버거집에서 그림을 보고 주문하면 상세 이미지와 딴판인 햄버거가 트레이에 담겨 온다는 걸 아이들은 몰랐다.

입구는 썰렁했다. 그래서 다시 한번 황금박쥐를 볼 수 없으리라 확신했다. 다행히 노란색 안전모가 기대감을 더한 덕인지 네 식구 모두 반쯤은 설레고 반쯤은 두려운 얼굴이 되었다. 처음으로 여행 오길 잘했다는 생각이 들었다. 철제 난간을 붙잡고 가파른 동굴 입구를 따라 내려갔다.

동굴은 신이 몰래 빚어놓은 것 같았다. 용이 헤엄치고, 보살이 중생들을 굽어보았다. 거대한 건반들이 위에서 아래에서 자라나 수십 미터 길이의 파이프오르간을 이루었고, 그 밑으로 석회를 먹은 물방울들이 끝도 없이 떨어지며 변주를 했다. 어둠은 익히 아는 어둠과 달라서 갑갑하지 않고 탁 트인 느낌을 주었다. 온 세상을 품은 뱃속 같았다. 창자처럼 뻗은 좁은 길을 따라 한참을 걸었다. 그리고 동굴 한편의 주홍빛 조명을 밝혀놓은 자리, 동굴의 어느 구석보다도 아늑해 뵈는 자리에서 그것을 보았다. 개였다. 뼈만 남은 원시의 개. 개는 머리를 벽으로 향하고 옆으로 누워 있었다. 무엇을 쫓아온 건지 무엇에 쫓겨 숨어든 건지 알 수 없었다. 어쩌면 마지막 순간에 가장 편히 제 몸 누일 구석을 찾아온 건지도 몰랐다. 나는 개 앞에서 한참을 서 있었다. 개와 눈을 맞추었다. 뻥 뚫려서 허공만 남은 눈.

○

집 안은 물바다였다. 심장이 멈춘 30대 남자는 온통 젖어 있었다. 남자의 아내가 바가지로 물을 퍼다 부은 덕이었다. 정신 차리라고 뿌렸다는데 그런다고 멈춘 심장이 다시 뛰진 않았다. "수건 있는 대로 갖다주세요." 말했지만 정신이 없는지 아내는 울기만 했다. "수건!" 그제야 화장실에서 달랑 수건 한 장을 집어 왔다. 한 사람이 주변에 널린 아무 옷가지나 집어 물기를 닦아내는 동안 다른 한 사람은 남자의 가슴을 압박했다. 제세동기 패치를 부착했다. "분석 중." 심전도가 잔물결처럼 파르르 떨었다. 좋은 징조였다. 그보다 더 좋을 수 없었다. 주술사의 예언을 기다리는 고대인들처럼 기계가 뱉어낼 다음 말을 기다렸다. "제세동 필요합니다." 남자의 주변은 아직 물기가 남아 있었다. 재수 없으면 단체로 심장이 구워질지도 몰랐다. 그래도 해야 했다. 처치 매뉴얼엔 "모두 물러나세요!"를 외치라고 나와 있지만 그런 말을 현장에서 쓰는 사람은 없다. "나와나와나와나와." 깜빡이는 주황색 버튼을 눌렀다. 150줄 전기충격에 남자의 몸이 움찔했다. 이윽고 심전도가 크게 한 번 꺾이더니 분당 120회 속도로 빠르게 널뛰기 시작했다. 남자의 경동맥에 손을 짚었다. 꿀럭거리며 내달리는 혈류가 느껴졌다. 막혔던 물줄기가 한꺼번에 터지듯, 심장은 온몸으로 부활의 소식을 알렸다.

아직 의식을 회복하지 못한 남자의 기도와 정맥로를 확보했다. 병원에 이송하는 동안 다시 심장이 멈출 가능성에 대비하는 것이었다. 다행히 도착할 즈음 환자의 상태는 거의 안정되었다. 인계를 마치고 몇 시간 뒤, 다른 환자를 데리고 응급실을 찾았을 때 환자 분류 간호사에게 남자에 대해 슬쩍 물었다. 스텐트 시술을 마쳤고 현재는 회복 중이라는 답이 돌아왔다. 젊은 몸은 젊은 몸이었다. 내가 재주가 좋은 게 아니라 젊은 몸이라서 살았다.

지금껏 몇 명을 살렸더라. 잘 기억나지 않는다. 처음 하트 세이버를 받았을 땐 신기하기도 하고 자랑스럽기도 했는데 살린 사람보다 살리지 못한 사람이 압도적으로 많다는 걸 인지하기 시작한 뒤론 세는 걸 잊었다. 열을 살리는 동안 백은 살리지 못했다. 10 빼기 100은 0이다. 아니, −90이다. 그러니 어디 가서 자랑하기도 부끄럽다. 하지만 사람을 살린 그날 하루만큼은 염치없이 기분이 좋다. 나는 내가 좋다는 느낌을 받는다.

젖은 어둠을 들이마시며 길고 긴 미로를 걷는 동안 개는 무슨 생각을 했을까. 그건 쫓는 삶이었을까 쫓기는 삶이었을까. 거기에 어떤 의미가 있을까. 텅 빈 눈은 그저 허무일 수도, 잊힌 꿈일 수도 있다. 개가 누운 자리는 편안해 보인다. 나는 그 옆에 눕는다. 생각한다. 한 번 사는 삶에서 그래도 한 명은 살렸다. 웃으며 눈을 감는다.

○

2장

당신이 더 귀하다

꽃비

———————————————————————————————— ○

아파트는 끽해야 7층 높이였다. 7층이면 어림잡아 20미터가 조금 넘는다. 30미터 이상에서 떨어지면 즉사지만 20미터는 조금 다르다. 현장에 도착하면 심장이 아직 살아 있는 경우가 많다. 옛날 어른들이 숯불에 구워 먹으려고 참개구리 뒷다리를 잡고 바닥에 내리치면 종종 죽은 줄 알았던 그 것이 불판에 오르자마자 펄쩍 뛰어내린 뒤, 곧장 숨이 끊어지던 거랑 비슷하다. 겉보기엔 멀쩡해서 살릴 수 있지 않을까 하는 착각이 든다. 하지만 심장을 누르려고 몸에 손을 대자마자 안다. 온몸의 뼈가 무너져서 가슴에서 와라락 와라락 소리가 난다. 마치 연체동물에게 심폐소생술을 하는 기분이 된다. 그래서 대개는 과다한 내부 출혈로 인한 쇼크사에 이른다.

소녀는 아파트 화단에 누워 있었다. 그리고 울고 있었다. 아주 좋은 신호였고, 그 자체로 기적이었다. 화단에 빼곡하게 심은 정원수가 제 몫을 했지 싶었다. 길게 자란 까만 생머리를 조심스럽게 치우며 경추 보호대를 채웠다. "내 손 꽉 잡아봐요." 소녀의 손아귀에 힘이 들어갔다. 덜덜 떨렸다. 신발을 벗기며 말했다. "만지는 거 느껴져요? 움직여 봐요." 말단의 감각도 이상 없었다. 천운이었다. 소녀의 몸을 천천히 짚어가며 혹 숨어 있을지 모를 외상을 확인했다. 그

러다 팔뚝 안쪽에 커터 날로 무수히 그어놓은 자국을 발견
했다. 잘 아는 상처였다. 그건 괴로워서 만드는 상처가 아니
다. 깊은 허무를 못 견뎌서 공중에 흔적을 남기려는 발버둥
이고, 살아 있는가 실감이 나지 않아 까마득한 동굴 안쪽에
서 날짜를 셈하기 위해 새기는 우울한 사선이다. 그러므로
소녀를 난간 밖으로 끄집어낸 건 슬픔 같은 단순한 게 아니
었다. 더 아득한 무언가였다.

소녀의 아버지가 도착했다. 터울이 많이 나는 오빠라고
해도 믿길 만큼 젊었다. 아버지는 누워서 우는 소녀를 말없
이 보다가 그 옆에 쪼그려 앉더니 자기도 얼굴을 감싸 쥐고
울기 시작했다.

상처받은 사람들에게 흔히 하는 말이 있다. 내가 너를 이
해한다. 내가 너의 아픔을 안다. 때로는 그 말 자체가 당사
자의 마음을 아프게 할까 싶어 어떤 단서를 붙이기도 한다.
내가 너를 '전부는 모르지만' 이해한다. 내가 너의 아픔을
'조금은' 안다. 내 생각엔 그것처럼 대책 없는 말들이 세상
에 없는 것 같다. 그걸 입 밖으로 내는 순간 상처는 이해가
가능한 문제로 변한다. 여러모로 노력을 하거나 다른 수식
을 적용하면 해결이 되는 것처럼. 마치 문제집에 적힌 수학
문제처럼. 그래서 상처의 책임은 결국 문제를 풀지 못한 자

신에게 돌아간다. 네가 아직 진정한 행복을 맛보지 못해서, 너를 아끼고 네가 아껴줄 만한 사람을 못 만나서, 또는, 네가 너라서. 결국 나는 난간 밖으로 몸을 던진 소녀도, 그걸 지켜봐야 했던 젊은 아버지도 이해할 수 없었다. 이해하고 싶지 않았다. 내 머릿속의 말들로 상처를 재단하지 않는 것, 그게 두 사람에 대해 아무것도 모르는 내가 할 수 있는 유일한 위로였다.

○

첫째를 하교시키려고 집을 나서는데 비가 내렸다. 봄비였다. 교문 앞은 제 새끼를 연인처럼 아득한 눈으로 기다리는 우산 쓴 부모들로 빼곡했다. 나도 그중 하나지 싶었다. 내 딸은 밥 먹는 것 빼고 뭐든 느렸다. 다른 아이들은 우산을 들었건 아니건 제 엄마 아빠를 찾자마자 달음박질을 치는데, 내 딸은 제일 나중에 건물 현관으로 나와서 제 덩치만한 우산을 편다고 한참을 낑낑댔다. 겨우 몇 걸음 떼는가 싶더니 이번엔 실내화가 문제였다. 실내화를 신고 빗물이 그득한 교정을 한참 걷다가 무언가 잘못된 것을 깨닫고 다시 현관으로 돌아갔다. 신발을 갈아 신는다고 또 헤맸다. 그제야 기다리고 있는 아빠를 발견하고 느긋하게 걸어왔다. 세상 급한 일 없는 게 영락없는 내 새끼였다.

손을 잡고 걸었다. 아이의 손은 작아서 비나 눈이 오는 날엔 금세 차가워졌다. 나는 그게 안타까워서 나의 오른손으로 너의 왼손을 쥐고, 얼마간 걷다가 손을 바꾸어 나의 왼손으로 너의 오른손을 쥐었다. 우리가 손을 잡고 걸을 날이 얼마나 남았을까. 너의 키가 자라서 눈높이에서 나를 보게 될 때, 아빠가 생각보다 그렇게 큰 사람이 아니란 걸 깨닫게 될 때, 너는 내 손을 놓을 것이다. 그건 원래 그런 거니까. 나의 작은 바람은 지평선 근처라도 좋으니 너를 볼 수 있는 곳에 내 자리가 있다면 좋겠다는 것이다. 그래, 어쩌면 그건 큰 바람일 수도 있겠다.

곧 치과 예약이 있어 걸음을 서둘렀다. 그런데 아이가 손을 잡아끌며 천천히 멈추어 섰다.

"아빠."
"왜, 또."
"꽃길이 피었어."

벚꽃 잎이 빗물을 맞고 나무 발치에 내려 있었다. 걷는 내내 벚나무라 길에 꽃잎이 진 걸 두고 꽃길이 피었다 했다. 문득 울고 있던 그 소녀가 떠올랐다. 비바람에 내려앉아도 분명 꽃길로 다시 피어날 숨 쉬는 꽃비.

라면은 밥이 아니야

낡은 연립주택 꼭대기 층 문을 열었다. 갓 돌을 넘긴 듯한 남자아이가 눈을 동그랗게 뜨고 출동한 우리를 쳐다봤다. 깊고 반짝이는 눈엔 제 엄마도 모를 비밀이 숨어 있는 게 분명했다. 옆에는 한쪽 발에 깁스를 한 아이 엄마가 고래고래 소리를 지르고 있었다. 시엄마가 먹는 우울증 약을 애가 집어 먹었다고 깁스한 발을 쿵쿵 굴러댔다. 시엄마는 그럴 리 없다고 했지만 말이 통하지 않았다. 열려 있는 약병이 의심의 불을 지핀 원인이었고, 무조건 병원 진료를 받아야 한다며 119에 신고를 했다. 아이 엄마는 젊고 예뻤다. 그러나 얼굴을 구기고 시엄마에게 험한 소리를 늘어놓는 모습은 보고 있기가 힘들었다. 그 모습이 마치 여자의 비좁은 집 거실 한구석에 터질 듯 쓰레기가 담긴 종량제봉지를 닮았다고 생각했다.

여자의 발이 불편했기 때문에 내가 아이를 품에 안고 조심조심 계단을 내려갔다. 분유 냄새와 기저귀에 지린 오줌 냄새가 났다. 기저귀가 터질 듯이 부풀어 오른 모양이 적어도 두 시간은 채워둔 것 같았다. 구급차엔 임산부나 노인을 위한 물품뿐이라 아이의 기저귀를 바꿔줄 수 없었다. 병원 가는 동안에도 여자는 계속 시엄마 욕을 해댔고 아이는 내품에 안겨 있었다.

아이를 안은 채로 간호사에게 전후 사정을 설명했다. 눈에 보이는 증상이 없기 때문에 진료를 보려면 장시간 대기해야 한다는 대답이 돌아왔다. 여자는 분개했다. 잘못되면 네가 책임질 거냐고. 구급차 타고 왔는데 왜 진료가 늦어지는 거냐고. 사람 무시하지 말라고. 애먼 간호사에게 육두문자를 날리며 손가락질을 했고, 그걸 지켜보던 응급실 입구의 보안요원이 다가와서 여자를 제지했다. 보안요원의 험한 인상과 자기 세 배는 될 법한 덩치에 기가 죽은 여자는 흥칫흥칫 콧바람을 날리며 주춤주춤 뒤로 물러났다. 그리고 여전히 아이를 안고 있는 내게 쏘아붙였다.

"우리 가요."
"네?"
"집에 가요."
"집에는 못 데려다 드리는데요."
"그럼 어떻게 하라구요!"

팩 소리를 치는 여자에게, 내 인생도 감당이 안 되는 마당에 당신 인생을 어떻게 해야 할지 나도 모르겠다고 말해주고 싶었다. 눈만 끔뻑끔뻑하는 아이만 아니었다면 정말 그렇게 말했을지도 모른다. 정신을 차리고 보니 본부 상황실에 아이 엄마가 발도 불편하고 집도 가까우니 그냥 구급차로 귀가시키겠노라 주저리주저리 변명을 하고 있었다. 그녀가 개선장군처럼 가슴을 펴고 구급차에 올랐다. 내가 아이를 안고 뒤따랐다.

집으로 돌아가는 길에 여자는 분이 풀리지 않는지 간호사의 험담을 하기 시작했다. 올 때도 그랬지만 말이 귀에 들어오지 않았다. 기저귀가 점점 더 무겁고 축축해졌기 때문이다. 똥을 눈 것도 같았다. 불현듯 그처럼 무겁고 축축한 미래가 품 안의 아이를 기다리고 있을지 모른다는 생각이 들었다. 여자의 집까지 조심조심 계단을 밟았다. 잠깐 안고 있었다고 친해졌는지 아이는 두둥실 떠오르는 구급대원 비행기 위에서 깔깔 웃었다. 너무 예뻐서 가슴이 답답했다.

○

퇴근 직전에 출동이 걸렸다. 이날은 시내에 구급차가 모자라서 급한 환자들도 제때 이용을 못 했다. 출동 중에 신고자이자 환자에게 전화를 걸어 상태를 확인했다. 분명 구급차를 부를 만한 상황은 아니었다. 거동이 가능한가 묻자 집 앞에서 기다리고 있겠단다. 그럼 자차로 가시거나 택시를 이용하시는 방법도 있다고 돌려 말해도 막무가내였다. 어지럽다, 꼭 구급차를 타고 갈 거다, 비슷한 말을 수화기 너머로 끊임없이 주워섬겼다. 실랑이만 길어질 것 같아 전화를 끊었다. 만나면 한마디 해야겠다고 생각했다.

신고자의 집은 구도심의 골목 안쪽, 거기서도 언덕길을 200미터쯤 올라간 곳에 자리 잡고 있었다. 경사가 심해 올라가는 동안 롤러코스터에 실린 기분이었다. 신고자 아주머니가 집 앞에 나와 있었다. 낯빛은 시커멨고 우울하다 못해 누가 죽었나 생각하게끔 하는 얼굴을 하고 있었다. 당장에 급한 상황도 아닌데 구급차를 부르시면 어떡하냐고 말하려다가 말았다. 아주머니의 옆에 그녀의 아들이 있었다. 키가 작고 많이 말랐다. 새치가 서리처럼 내린 짧은 머리 아래 아주머니의 그것처럼 그림자로 뒤덮인 얼굴이 있었다. 그 모습이 마치 부모의 내면에 웅크리고 있는 가난이 자식에게 이어지는 것처럼 보였다. 캔버스에 거칠고 무심한 선을 긋는 크로키처럼 생각이 이어졌다. 부모를 따라 가난한 삶을 말없이 받아들이고, 연민과 혐오가 뒤섞인 시선을 받아들이고, 손에 쥔 동전 몇 푼을 아끼기 위해 구급차를 택시처럼 부르는, 어른이 된 소년의 모습이 그려졌다. 대양처럼 자유로웠던 소년은 어느덧 누런 양은 냄비처럼 쪼그라들어 손바닥만 한 가스 불 위에서 팔팔 끓어오르고 있었다.

○

찬장에는 라면이 있다. 포장지를 보니 유통기한이 얼마 남지 않았다. 라면 봉지를 들고 부스럭대는 사이 아이들이 다가온다. 은근 기대하는 눈치다. 끓일까, 말까, 끓일까, 말까. 어지간해선 먹고 싶지 않다. 굳이 라면을 끓여야 할 때마다 쪼들리던 날이 생각나기 때문이다. 대학 졸업하고 알아서 잘 먹고살고 있노라 부모님께 큰소리치던 그때, 영어 학원에서 시간강사로 일하며 달에 100만 원인가를 받았다. 그걸로도 대충 생활은 됐다. 라면이 있었으니까. 라면은 지금도 싸지만 옛날엔 더 쌌다.

라면으로 해결하는 식사에 설렘은 없다. 냄비에 물을 붓고, 라면 봉지를 열어 수프를 꺼낸다. 물이 끓기 시작하면 면을 넣고 그 위에 대충 수프를 쏟는다. 면이 익는 동안 젓가락으로 몇 번 휘저어야 제맛이라지만 매 끼니 라면이라면 그마저도 귀찮아서 그냥 둔다. 그러면 면발 뭉치 위에 덩어리진 수프가 고명처럼 올라간 자취생의 라면이 완성된다.

먹기 전에 담배에 불 먼저 붙이고 한 모금 빨아들인다. 종이컵 가장자리에 불붙은 담배를 올려두고 라면을 먹기 시작한다. 식사는 금방 끝난다. 재가 갈고리 모양으로 타들어간 담배를 들어 끝까지 태우고 종이컵에 넣는다. 라면 국물을 한 수저 떠서 붓는다. 짧게 취잇 소릴 내며 담뱃불이 꺼지고, 덩달아 내 안에 미미하게 타오르던 불도 꺼진다. 나른하다. 희부연 담배 연기, 라면 냄새가 밴 수증기가 벽지에 들러붙는다. 누렇고 울퉁불퉁한 얼룩이 여럿 보인다. 꼭 내 얼굴 같다. 아니, 내 얼굴뿐 아니라 나를 똑 닮은 작은 얼굴들도 있다. 그 모습에 화들짝 놀라며 생각에서 깨어난다. 찬장문을 닫는다. 다음번 라면 생각이 날 즈음엔 유통기한이 지나 있을 것이다.

라면으로만 끼니를 해결하다 보면 그게 온전한 식사라고 착각하듯 마음의 가난도 익숙해지면 그것이 가난인지 잊어버린다. 아이들이 부디 가난을 당연하게 여기지 않는 어른이 되길 바란다고 하며 글을 맺고 싶었는데 솔직히 쉽지 않을 것 같다. 라면은 맛있고, 간편하고, 여전히 값싸기 때문이다. 대충 그렇게 먹고살아도 괜찮을 것 같기 때문이다.

하지만 라면은 밥이 아니다. 삶도 그렇다.

엄마라는 이름의 열차

_____

○

침대 옆자리가 허전해서 눈을 뜬다. 아내가 사라졌다. 천천히 몸을 일으켜 그녀를 찾는다. 안방에 붙은 화장실에도, 애들 방에도, 종종 앉아서 얼굴 마사지를 하는 작은방에도 보이지 않는다. 전화를 건다. 벨소리를 따라가 보지만 소파 위에 아무렇게나 던져놓은 휴대폰만 있을 뿐이다. 이건 그거다. 두 아이를 키우기 시작하면서부터 시작된 습관. 네가 노곤한 나를 침대에 두고 홀로 답답함을 해결하는 방법. 창밖을 본다. 여름이라 일찍부터 날이 밝았다. 그나마 다행이라는 생각이 든다.

○

"얘는 원래 죽었어요."

노모가 구급대원들을 보자마자 한 말이었다. 그녀는 10년 전에 뇌졸중으로 쓰러진 아들을 홀로 돌보고 있었다. 형이 있었지만 자기 살 궁리하기도 빠듯했다. 그래서 좁고 더러운 임대주택에 두 사람만 남았다. "무슨 일로 신고하셨어요?" 물었지만 가는귀가 먹은 노모에게선 돌아오는 답이 없었다. 그래서 의자 위에서 몸을 가누지 못해 아이스크림처

146

럼 밑으로 밑으로 흘러내리는 아들에게 대신 물었다.

"어디가 불편하세요."

"어써여."

"병원 안 가실 거예요?"

"앙가여."

말을 하기 무섭게 남자의 엄마는, "이노무 새끼가 안 가
길 왜 안 가! 가!" 하고 없는 힘을 쥐어짜 소릴 질렀다. 다른
말은 하나 못 알아들으면서 아들이 기어들어 가는 목소리
로 웅얼거리는 건 다 알아들었다. 나나 아내가 자다가도 아
이들 잠꼬대에 눈이 번쩍 뜨이는 것과 비슷했다. 그건 아이
들이 신생아였을 때부터 이어진 오랜 습관 같은 것이었다.
노모는 그 습관을 60년이 넘도록 이어오고 있었다.

응급환자가 몰려서 병원 앞 대기가 길어졌다. 남자의 엄
마가 손때가 꼬질하게 묻은 천 지갑에서 만 원짜리 두 장을
꺼냈다.

"선생님, 이걸로 점심 식사라도 하세요."

"어머니, 그거 집어넣으세요. 저희 공무원이라 돈 받으면

큰일 나요."

"그래요?"

"네."

"그런데요, 선생님."

"네?"

"저희가 수급자라서 늦게 들어가는 건가요."

"그런 거 아녜요. 응급실은 급한 환자부터 들여보내요. 그
래서 그래요."

"네에."

그 말마디에 내 안에서 뜨끈한 게 치밀었다. 시간이 가난
한 두 사람을 얼마나 무정하게 대했는가가 훤히 보였다. 노
모는 똥이 마렵다는 아들의 기저귀를 사기 위해 몸을 일으
켰다. 사다 드린다고 말을 해도 굳이 다리를 절며 병원 매점
으로 향했다.

기다리는 동안 엄마는 이따금 아들의 이름을 불렀다. 그
러면 "어어" 하는 답이 돌아왔다. 답이 없으면 더 큰 소리로
이름을 불렀다. 그러면 또 "어어" 답이 돌아왔다. 움직이지
않는 아들의 손을 매만지면서 엄마는 내내 울었다. 하도 눈
물을 쥐어짜서 마른 논처럼 갈라진 얼굴이 거기 있었다.

○

도어록 비밀번호를 누르는 소리가 들린다. 아내가 문을 열고 들어온다. 발갛게 물든 두 뺨에 땀이 송골송골 맺혀 있다.

"전화를 들고 나가지."
"불편해서 걷기 힘들어."
"말이라도 하고 나가. 걱정돼."
"걱정은 무슨."
"하고 나가."
"아우, 알았어."

편잔을 주거나 말거나 아내는 표정이 밝다. 오랜만의 산책이라 기분이 좋았던 모양이다. 그러면 나도 덩달아 좋다. 우리는 커피를 타서 나눠 마시고, 서로 눈을 보며 시답잖은 대화로 아침을 연다. 아이들을 깨워서 밥을 먹인다. 옷을 입힌다. 머리를 묶인다. 아이들 준비를 마치면 서둘러 샤워를 하고 옷을 걸친다. 아내는 오래 입어서 너풀거리는 반소매에 반바지 차림일 뿐이지만, 등굣길의 여느 엄마들보다 화려하지 않은 보통의 엄마지만, 움츠러들지 않는다. 엄마라서 당당하다. 나는 그 모습이 멋지다고 생각한다.

아이가 처음 세상에 나온 날을 기억한다. 벼락처럼 주어진 생명을 보고 내가 마른침을 삼키는 동안 당신은 내내 웃었다. 세상에 그런 웃음이 있을까 싶었다. 모든 악한 것을, 어두운 것을 떨치는 웃음. 주춤거리며 다가가지 못하던 내게 당신은 아이를 안아보라고 말했다. 투박한 손길이 싫었는지, 아니면 제 목소리를 들려주고 싶었는지 아이는 건물이 떠나가라 울었다. 그 울음은 앞으로 모든 것이 달라질 거라는 걸 의미했다. 새로운 시작을 알리는 기적 소리였다.

그녀는 엄마라는 이름의 열차다. 한번 출발하면 갈아탈수도, 쉬어갈 수도 없는 열차. 나는 그 아래 곧게 뻗은 선로가 되고 싶다. 그래서 우리는 낡을지언정 열차에 실린 아이들을 바다까지 실어 나를 수 있다면 참 좋겠다.

우리 집은 홋카이도에 있어요

○

들뜨고 단내가 나는 마음은 묵혀서 며칠 뒤에 요리처럼 내놓는다. 시간이 지나는 만큼 레시피가 정교해지기 때문에 대개는 오래 묵힐수록 그럴듯한 모양이 된다. 예쁜 글이 된다. 나는 속이 좁아서 그런지 좋은 마음을 모셔두고 글이라고 할 법한 게 나올 때까지 잘 기다리질 못한다. 그래서 내 글은 요리라기보단 라면에 가깝다.

　좋은 마음도 그러한데, 핏기가 채 가시질 않아서 너무 아프거나 황망한 마음은 더더욱 오래 쥐고 있질 못한다. 그런 것들은 날을 잘 벼린 회칼로 조심히 떠서 적당히 차가운 유리 접시에 담아내야 하는데, 일단 칼을 쥔 작자의 솜씨도 어설프기 짝이 없는 데다 뜨거운 손으로 횟감을 쥐느라 벌써 살이 다 뭉개지고, 내 집 찬장에 있는 거라곤 분식집에서 떡볶이를 담아내는, 연두색 바탕에 하얀 점이 점점이 박힌 싸구려 플라스틱 접시뿐이다. 그래도 뭐라도 하지 않으면 속에서부터 썩은 내가 나기 시작하기 때문에 어렵게 어렵게 칼을 쥔다. 까만 알커피 하나를 까서 컵에 담고 물을 붓는다. 노트북을 연다.

　모 교회 장로라는 사람으로부터 연락이 왔다. 어지럼증 환자를 모시고 있으니 와서 좀 봐달라는 이야기였다. 저녁 8시 30분. 교회 담벼락에 몸을 기대고 있던 환자를 저녁 예배를 마친 신도들이 발견하고 신고를 했다. 80대 여성이었다. 염색한 지 오래되어서 거의 백발처럼 보이는 쇼트커트에 고집스럽게 다문 입과 눈썹 문신이 더해져 꼬장꼬장한 인상을 주었다. 다른 활력징후는 정상이었지만 수축기 혈압이 190을 넘나들었다. 나이가 들면 혈관의 탄력도 줄어 자연스럽게 혈압이 높아지는 걸 감안하더라도 신경 쓰이는 수치였다.

"펴엉생 이러은 적이 어써 써요."

환자가 입을 열자 어딘지 억양이 낯선 한국말이 튀어나왔다. 마치 일본 드라마 등장인물이 한국어를 어설프게 익혀서 말하는 듯했다.

"환자분, 제일 불편한 게 뭔가요."
"머리가 하프흐고, 허지러워요."
"드시는 약 있나요, 고혈압, 당뇨 뭐 그런."
"어으써요."
"혈압이 좀 높아요, 병원 모셔다드릴게요."
"병원 가 보니리 어으써요."

"가야 돼요."

대학병원 응급실 간호사는 중환이 아니라 3시간은 대기
해야 진료를 볼 수 있다고 말했다. 구급차에 누워 있던 환자
에게 말했더니 얼굴을 구기며 거의 울 듯한 표정이 되었다.

"센세님 나 병원 안 가래요."
"위험할 수도 있다니까요."
"안 가래요, 갠차나요."

이후로도 10여 분을 더 설득했지만 소용없었다. 우리 할
머니였다면 버럭 소리라도 질러서 병원에 묶어두고 싶었다.
그러나 사회가 정한 타인의 경계는 공고했고, 그걸 임의로
무너뜨릴 자신이 없었다. 이송거부확인서(환자를 병원에 데
려다주지 않을 경우 환자 본인의 동의가 있었음을 서명을 받아 확
인하는 서류)를 작성했다. 보통 면피용으로 환자들에게 들이
미는 그것이 그날따라 더 구질구질해 보였다. 짜증이 났다.

"센세님."
"왜요."

"내가 다 나으믄 마신 거 사주께요."

"그러지 마세요."

"사라으미 왜그러케 낸전해요."

"그럼 마음대로 하세요."

마음대로 하란 말에 그녀는 간식 먹어도 좋다고 허락받은 우리 애들처럼 기뻐했다. 진한 눈썹 문신 너머에 숨어 있던 진짜 웃음이 보였다. 꼬장꼬장한 인상은 평생 병원에 들어가 보지 못한 그녀의 여린 속내를 감추기 위해 마련한, 구멍 난 방패처럼 보였다. 병원 데려온다고 그녀를 집에서 멀찍이 떼어낸 셈이라 다른 직원과 상의해서 귀가시킨 뒤에 돌아가기로 했다. 새로 생긴 농협 건물 앞이라던 집은 알고 보니 건물 뒤편에 있었다. 벽돌 무늬 타일을 붙인 허름한 빌라였다. 부축해서 2층으로 가는 계단을 오르는 동안 그녀는 두세 번쯤 다리에 힘이 풀렸다. 병원 가자고 한 번 더 입을 뗐지만 대답은 돌아오지 않았다. 집 문이 열렸다.

"내가 꼭 마신 거 사주께요."

"이상하다 싶으면 119에 진화하세요."

"센세님."

"네."

"우리 집은 홋카이도에 있어요."

"그렇군요."

"아주 큰 집이에요."

문이 닫혔고, 나는 한 30초쯤 서 있었던 것 같다. 혹시나 그녀가 쓰러져서 어디 부딪히는 소리라도 들릴까 싶어서, 그래서 병원 가는 게 좋을 것 같다고 마침내 말할 것 같아서 그렇게 서 있었다. 하지만 아무 소리도 들리지 않았다.

사람들은 낡은 사람들에게 더는 이야기가 남아 있지 않다고 말한다. 그들은 머리와 마음이 모두 낡아서 해진 기억을 더듬으며 죽을 날만 기다린다고 말한다. 그리고 그건 분명해 보인다. 세상이 낡은 사람들을 주목하지 않기 때문이다. 거리를 메우는 건 온통 싱그러운 젊음이고, 드라마엔 피부가 팽팽한 사람들만 등장하고, 심지어 책에도 낡은 사람들의 이야기가 쓰이지 않는다. 어쩌다 한 번씩 그들이 사는 집에 들러 악수를 하면서 1번을, 아니면 2번을 꼭 찍으시라고 말을 건네는 이들 말고는 찾는 사람도 없다. 그래서 거기엔 아무것도 남지 않은 것 같다. 그러나 보이지 않는다고 해서 사라지는 게 아니고, 믿지 않는다고 해서 존재하지 않는 것은 아니다. 낡은 사람들에게도 분명 낡지 않는 이야기가 있다.

저기 닫힌 문 너머에 이야기 하나가 있다. 머나먼 북쪽 섬, 아주 큰 집에서 살았던 사람의 이야기. 거기엔 무수한 슬픔이, 또 그만큼 많은 기쁨이 있고, 사랑이, 가족이, 눈보라 몰아치는 바다, 그리고 입술을 굳게 다문 소녀가 있다.

그래서 오늘 새벽 4시에 일어나 몰래 기억을 비우러 나왔다. 글로 써서 땅에 묻으면 더는 생각이 나지 않을 것 같았는데 암만해도 착각이었던 것 같다. 비우고 나니 더 커졌다. 홋카이도에 두고 오면 조금 나을까.

그곳만이 내 세상

○

우리 동네에는 만두 가게가 하나 있다. 아주 얇은 만두피로 감싼 만두가 이 가게의 가장 유명한 메뉴고, 천 원을 더 주면 왕만두를 살 수 있다. 1인분에 일반 만두는 열 개가, 왕만두는 다섯 개가 들었다. 만두 2인분에 왕만두 1인분을 시키면 얼추 네 식구 배불리 먹었다. 그게 가게가 생긴 지 얼마 안 되었을 때의 얘기고 지금은 애들이 커서 그걸로는 택도 없다. 최소 4인분을 먹어야 배가 조금 차고 5인분을 먹어야 비로소 식사를 한 기분이 든다. 비혼주의를 외치던 젊은 시절엔 내 새끼들 뱃구레가 커지는 걸로 세월을 가늠하게 될 줄은 몰랐다.

만두 가게를 조금 지나 근처 시장을 끼고 돌면 골목길 하나가 나온다. 깨진 보도블록 틈으로 이끼와 민들레가 자라고 거무죽죽한 물때가 기울어진 담벼락을 타고 불길처럼 번지는 보통의 좁은 골목길. 무더운 날이면 내려앉아 있던 담뱃진이 마른 오줌과 뒤섞여 뭉게뭉게 숨 막히는 안개를 내뿜는 그런 길이다. 몇 년 전인가 여름밤에도 골목길은 지금과 비슷한 모습이었다. 나는 숨 쉬는 공기에 하루하루 텁텁한 열기가 더해갈수록 불어나는 주취자들에게 진저리를 치고 있던 참이었다. 그들은 정말 낮이고 밤이고, 어떤 모습으로 어디서 발견이 될지 알 수가 없었다. 보통은 집 앞이나 술집에서, 공중화장실에서, 편의점의 간이 테이블에서, 교회에서, 절에서, 당신이 어느 시간 어느 장소를 떠올리더라도 주취자는 거기에 있을 수 있었다.

신고자는 고등학생이었다. 골목길 안쪽 페인트가 다 벗겨진 녹색 철문이 달린 집에 살았다. 학생은 술 취한 아버지한테 두들겨 맞고 집 밖에서 떨고 있었다. 때리는 걸 막다가 생긴 팔목의 상처를 처치하고 나니 달리 해줄 일이 없었다. 몸이 너무 젊어서 아픈 티가 나지 않는다는 게 아이러니하고 슬펐다. 경찰이 학생을 보호하는 동안 우리가 집 안을 확인하기로 했다. 제 자식을 두들겨 패는 주취자라도 살았는지 죽었는지 확인은 해야 했다. 이런 사람들은 한눈팔고 있으면 어느 날 덜컥 죽어 있다는 게 가장 큰 문제였다.

집 안은 그야말로 더러웠다. 아무렇게나 벗어 던진 옷으로 거실이며 부엌 바닥이 빼곡했고, 거기서 썩은 땀 냄새가 났다. 옷가지와 담배꽁초가 담긴 페트병을 한쪽으로 치운 자리엔 가장자리 이가 드문드문 나간 좁은 밥상이 있었다. 그 위엔 먹다 남긴 닭발인지 족발인지가 은박지로 된 포장 용기에 담겨 있었고, 양은 냄비에 끓인 라면이 팅팅 불어 부풀어 오른 모양이 마치 뇌를 꺼내다 거기 놓은 것처럼 보였다. 밥상 옆엔 훈장처럼 소주병 수십 개가 가지런하게 놓여 있었다. 그리고 그 모든 것들의 한가운데에 대자로 누워 코를 골며 자는 학생의 아버지가 있었다. 그 모습을 보고 있자니 구역질이 나서 고개를 돌렸다. 거실 한구석에 붙은 학생의 방이 보였고, 무의식적으로 그쪽으로 다가갔다. 방문 근처만 가도 공기가 달랐다. 유백색의 벽지엔 학생이 좋아하는 아이돌그룹의 포스터가, 그 그룹의 가장 좋아하는 멤버의 포스터가 한 장 더 붙어 있었고, 파스텔 톤 프레임의 침대와 비슷한 색의 책상 겸 책꽂이엔 만화책과 교과서가 가지런하게 꽂혀 있었다. 보고 있기가 힘들어 방문을 닫았다. 우울한 기분으로 집을 나와 학생에게 말을 걸었다.

"자는데, 학생 아버지."
"자요?"
"응, 어떻게 할래."
"들어가야죠."
"아픈 데는."
"없어요, 감사합니다."

학생은 어딘지 내 눈치를 살피는 얼굴로 꾸벅 인사를 하고 골목 안으로 사라졌다. 아마 세상 유일한 안식처인 그곳으로 돌아갔을 터였다.

혹자는 학생의 아버지에게도 그럴 만한 사정이 있으리라 말할지 모르겠다. 그것은 폭력이 아니라 훈육이며, 동시에 자식을 향한 사랑의 표현일 수도 있다며 반박할지 모르겠다. 집안일이란 게 그렇지 않은가. 타인은 이해할 수 없는 특별한 맥락이 존재할 것이고 그렇기 때문에 함부로 입을 떼선 안 되는 법이다. 그러나 한 가지 분명한 사실은 지금껏 집 안에서 이루어지는 주먹질에 그렇게 특별한 지위를 부여한 덕에 폭력의 맥이 끊어지지 않았다는 점이다. 맨몸으로 사냥을 하던 옛날이나 클릭 한 번으로 호화로운 식사를 하는 지금이나 피붙이를 향한 폭력은 버젓이 존재한다. 그 결과로 고통받는 사람이 있다는 것도 변하지 않는 진실이다. 제 자식의 뺨을 치고도 코를 골며 잠든 아버지에게 사회가 면죄부를 주어선 안 되는 것 아닐까.

그 일이 있고 얼마 뒤에 만두 가게가 생겼다. 지금쯤 학생은 대학 갈 나이가 되었을 텐데, 자기 방을 벗어나 좀 더 넓은 세상을 만들었는지 궁금해졌다. 기왕이면 집 근처에 정말 맛있는 만두 가게가 생겼다는 사실도 알았으면 좋겠다고 생각했다.

우주 끝까지 달리기

○

살 빼려고 시작한 달리기였다. 하루 10킬로씩 꼬박 일 년을 달렸다. 몸이 가벼워진 다음엔 그냥 달렸다. 목적이 없어졌다기보단 달리는 일 자체가 목적이 되었다.

알람이 없어도 새벽 5시면 눈을 떴다. 하도 빨아서 누더기가 된 트레이닝복을 걸치고, 물 한 잔, 커피 한 잔을 마신 뒤 밑창이 매끈해진 운동화를 신었다. 문을 열고 나가면 바람에서 짠 내가 났다. 가로등이 별처럼 박힌 새벽에 해변을 따라 뻗은 최초의 거리를 홀로 달렸다. 바다 끝 빨간 등대까지 쉬지 않고 달리다 보면 먼저 풍경이 사라졌다. 다음으로 발밑의 거리가 사라졌다. 마지막으로 내가 사라졌다. 세상에는 오직 달리기만 남아서 멀찍이 기지개를 켜는 해를 향해 곧장 나아갔다. 내 나이 스물아홉이었다.

머릿속이 복잡하면 요즘도 이따금 달린다. 허파가 비명을 지르고 심장이 목구멍으로 올라올 때까지 달린다. 온몸의 땀구멍이 열려 내가 땀인지, 땀이 나인지 모를 지경까지 오면 자연스럽게 그런 생각이 든다. 사는 건 그냥 달리기일 뿐이라고. 맨몸이든 잘 차려입었든 나아가는 데에 의미가 있는 거라고.

○

그 남자가 죽었다. 심할 때는 하루에 다섯 번도 넘게 신고를 하던 남자. 수시 이용자. 사고로 두 다리를 잃은 뒤론 기르던 덩치 큰 개 한 마리와 함께 자신의 집에 갇힌 남자. 그는 종종 휠체어에서 침대로 옮겨달라고 신고를 했고, 침대에서 휠체어로 다시 옮겨달라고도 신고했다. 그의 집을 한번 방문한 요양보호사들은 다시는 그 집에 가지 않았다. 집은 휠체어에 밟힌 개똥과 개털로 늘 진창이었다. 그래서 그를 도와줄 사람은 우리밖에 없었다.

남자는 방바닥에서 개똥 범벅이 된 채로 죽었다. 한동안 신고가 들어오지 않아 이상하다 싶었는데 역시나였다. 일전에 매일 술을 마시고 신고를 하던 아주머니가 생각났다. 그분도 며칠 소식이 없다가 다른 팀 구급대원으로부터 급성 알코올중독으로 사망했다는 이야기를 전해 들었다. 자주 신고하는 사람들이 잠잠하면 분명 뭔 일이 있는 건데, 보통 그런 이들은 주변에 가까이 지내는 사람이 없어 확인할 방법이 없다. 남자도 죽어서 썩기 시작한 뒤에야 겨우 이웃들의 관심을 받았다. 겨울이었다면 냄새가 퍼지질 않아 몇 달 후에나 발견되었을 것이다.

어떤 죽음은 사람을 안심시킨다. 특히 가난하고 고독한 이의 죽음이 그렇다. 그런 죽음을 목도한 사람들은 '그래, 죽는 게 나은 삶이었어' 생각하며 고개를 주억거리거나, '이제 편안한 곳에서 행복하시길' 기도하며 가슴을 쓸어내린다. 그건 보기 불편한 영화가 드디어 끝났다는 데서 비롯한 안도감 때문이기도 하고, 사라진 내면의 부채감 때문이기도 하다.

나는 대부분의 사람이 비참한 삶을 사는 이들을 보면서 미약하나마 부채 의식을 갖는다고 믿는다. 굶는 노인들에게 밥을 제공해야 하고, 맞아 죽기 직전의 어린애를 감싸줘야 한다는 데에 이의를 제기할 사람은 거의 없을 것이다. 그리고 그걸 내 손으로 하는 경우가 많지 않기 때문에 부채 의식이 생긴다. 충분히 도울 수 있는 일을 남에게 떠맡기고 있다는 생각을 하게 된다. 자선단체의 광고는 이런 점을 잘 활용한다. '월 2만 원이면 지구 반대편의 피부가 까만 어린애가 흙탕물 대신 생수를 마실 수 있습니다.' '말 못 하는 우리 엄마의 심장병을 고칠 수 있습니다.' '○○이가 생리대를 재활용하지 않을 수 있습니다.' '사실 이건 비밀인데 돈을 내면 마음이 편해집니다.'

아무튼 월 2만 원이면 좋은 일도 하고 마음의 짐도 줄어

드는 셈이다. 그리고 눈앞에 그 불쌍한 사람이 있다는 전제하에 2만 원을 지불하는 것보다 마음이 편해지는 일은 그 사람이 결국 죽는 것이다. 인류사를 통틀어 성인聖人이라 불린 사람들이라면 그런 죽음 하나하나에 의미를 부여하겠지만, 일반인들의 마음은 그렇게 넓지 않기 때문이다. 간장 종지만 한 마음에 제 가족이나 잘 담고 살면 다행이다. 그래서 보통 부채를 만드는 대상이 소멸하면 부채도 사라진다. 남자의 죽음도 그런 죽음 중 하나였다. 차라리 잘된 죽음. 내 마음이 편해지는 죽음.

어쩌면 나는, 이 사회는 이들이 천천히 자멸하길 바라고 있는지도 모른다. 내가 잘못 본 게 아니라면 우리 주변에서 총체적이고 적극적으로 비참한 삶을 구제하려는 노력은 찾아보기 어렵기 때문이다. 여기서 총체적이고 적극적이란 말의 의미는 전 국민이 하나 되어 너도나도 아파트를 사들이는 모습에서 쉬이 유추할 수 있다. 수백 대 일에 육박하는 신축 청약 경쟁률, 휴일마다 캠핑장 대신 임장을 다니는 가장, 온갖 흥미진진한 방법론을 제시하며 반드시 내 이웃보다 더 나은 기회를 잡으라고 독려하는 부동산 전문가. 아프고 가난한 사람들에게 같은 수준의 정성을 쏟는 사람들을 나는 텔레비전 바깥에서 본 적이 없다. 얼핏 보면 그런 노력이 이루어지지 않는 데엔 어떤 합당한 근거가 있는 것 같다. 개개인은 나 먹고살기도 힘들어 죽겠다는 이유를 들고, 정치는 개똥에 치여 죽는 사람을 돕는 일이 복지포퓰리즘이라 주장한다. 나라는 구제에 소모할 여력으로 발전을 이루는 게 우선이라고 말한다. 그러나 그 이면에는 전혀 다른 게 있다. 바로 타인의 죽음을 차라리 잘된 것으로 여기는 인간의 서늘한 민낯이다.

남자의 달리기가 거기서 끝이 아니었으면 좋겠다고 생각했다. 그가 도착한 곳은 인간의 죽음을 두고 마음이 편해지는 이상한 세상이 아니길. 거기에 신이든 뭐든 있어서 잘린 두 다리를 다시 붙여주길 바랐다. 나라면 미안해서라도 그렇게 해줄 것 같다. 옆에 사람 좋아하는 개 한 마리도 함께, 앞서거니 뒤서거니 우주 끝까지 달리게 해줄 것 같다.

할머니가 뭐가 죄송해요

○

노인은 워커(보행기)를 잡고 걷다가 앞으로 고꾸라졌다. 방바닥을 얼굴로 들이받는 바람에 코뼈가 부러져서 연신 피가 쏟아졌다. 위태롭게 자리 잡고 있던 임플란트 네 개도 전부 뽑혀 나갔다. 노인을 보러 집에 들른 자식들은 방바닥이 온통 피 칠갑인 걸 보고 기겁을 했단다. 노인은 혼자 살았다.

출혈은 거의 멎었으나 나이도 있고 얼굴 외에 다른 부위의 외상을 의심할 수 있는 상황이어서 이송을 서둘렀다. 노인은 귀가 먹어 묻는 말에 제대로 답을 못 했다. "이름이 뭐예요?" "생년월일이 뭐예요?" 물어도 무슨 일 있냐는 듯 멀뚱히 내 눈만 봤다. 옆에 있던 보호자가 하나하나 답을 해주었다.

병원에 도착해서 환자 분류소에 들것을 밀어 넣고 대기하는 중에 노인이 무어라 웅얼거렸다. "네? 뭐라고요, 할머니?" 몇 번을 묻자 조금 또렷하게, 그러나 여전히 들릴 듯 말 듯 한 목소리로 말했다.

"죄송합니다."

노인의 눈가에 마른 눈물이 번졌다. 눈물을 삼키는 바람에 출혈이 멎었던 코에서 피와 물이 섞여 흘러내렸다. 화가 났다. 뭐 때문에 화가 났는지 모르겠지만 어찌 되었든 화가 났다. 어떤 삶을 살았고 또 살고 있길래 지금 상황에서 '죄송합니다'라는 말이 나오는 건지 캐묻고 싶었다. 가슴이 뛰어서 길게 말은 못 하고 그냥 팽 쏘아붙였다. "할머니가 뭐가 죄송해요." 그 목소리가 너무 쌀쌀맞았던 탓인지 할머니는 입을 닫았다.

누가 할머니를 죄인으로 만들었는가 묻는다면 선뜻 손을 드는 사람은 없을 것이다. 아들만 귀한 시대에 딸을 낳아 기른 그녀의 부모님도, 찬이 맘에 안 든다며 밥상을 엎어버리는 이웃집 남편보단 그래도 좀 나은 그녀의 남편도 나는 모르는 일이라며 고개를 저을 것이다. 천국, 극락왕생 혹은 그와 비슷한 모든 종류의 내세를 약속한 종교들도 죄를 물은 적이 없노라 말할 것이다. 그녀가 죄를 용서받지 못할까 봐 모금함에 꼬박꼬박 돈을 집어넣은 줄은 꿈에도 몰랐다고 주장할 것이다. 정치인들은 늘 노인들이 잘 사는 나라를 만들기 위해 노력해 왔다. 사회적 약자들이 이유 없이 죄책감을 느끼지 않는 사회를 만들기 위해 불철주야 애쓰는 중이다. 그래서 가끔씩 좌판에 빙 둘러서서 떡볶이도 먹고, 순대도 먹고, "이 가방은 한 1500원쯤 하나요?" 물어보기도 하는 것이다. 그렇다면 자식들이 문제일까? 그건 아닐 것이다. 우리 같은 세상의 모든 자식은 부모님을 위해 '할 도리를 다하고' 있다. 걸음도 겨우 걷는 노인을 혼자 살게 둔 데엔 분명 피치 못할 사정이 있었을 것이다. 할머니가 완강하게 함께 사는 걸 거부했을 수도 있고, 먹고사는 일이 바빠서 이따금 얼굴이나 뵙고 반찬이나 해다 드리는 게 최선이었을 수도 있다. 나의 어떤 행동이나 말 때문에 부모님이 스스로를 죄인이라 여긴다니, 그건 상상할 수도 없는 일이다.

할머니가 살면서 무슨 큰 잘못을 저지르진 않았을 테고, 그냥 늙은 게 죄라고 누가 얘기한 것 같다. 아니면 늙은 건 괜찮지만 늙어서 가난한 걸 두고 큰 죄라고 말한 것 같다. 나아가 늙어서, 가난한 데다, 아픈 건 죽을죄라고 말한 것 같다. 그러나 우리는 21세기를 살고 있기 때문에, 세계적으로도 손꼽히는 선진국에 살고 있기 때문에, 우리의 진한 화장 아래 코뼈가 부러져 피를 철철 흘리는 할머니의 얼굴 같은 게 숨겨져 있을 리가 없기 때문에 할머니를 죄인으로 만든 사람을 찾지 못한다. 분명 악화되는 세계정세와 아직 화성에 유인탐사선을 보낼 만한 기술력을 확보하지 못했기 때문에 할머니는 죄인이 된 것이다. 죄인은 있는데 죄인을 만든 사람은 없다. 참 신기한 일이다.

"수고하셨어요." 인사하는 할머니 가족들에게 대충 고개만 끄덕이고 돌아섰다. 그래, 어찌 되었든 우리 탓은 아니다. 그렇지 않은가?

벽은 삶이다

○

아이는 벽에 매달려 있다. 두 발은 자갈만 한 돌출부에 겨우 걸쳤고 두 손은 손가락 하나 걸 곳 없는 큼직한 홀드 hold를 쥐느라 부들부들 떨린다. 먼저 다리를 옮기고, 팔을 옮긴다. 몸 쪽으로 벽이 기울어진 역경사 구조라 매달려 있는 것만으로 힘이 들 것이다. 갑자기 손이 홀드에서 미끄러지며 아이가 밑으로 떨어진다. 내게 다가와 한 팔을 내민다. 손목 아래로 길게 긁힌 상처가 보인다. "집에 가서 약 바르자. 조금 쉬었다 할까?" 말하자, 아이는 울상이 된다. 다른 반응을 기대한 것 같다. 상처를 두고 아빠가 안쓰러운 표정을 짓거나 다친 김에 그만하고 아이스크림이나 먹으러 가자고 말하길 바랐는지도 모르겠다. 그러나 아직 약속한 시간이 지나지 않았다. 해결하지 못한 문제도 남았다. 아이는 내 눈에서 무얼 읽어내기라도 하려는 듯 잠시 보다가 몸을 돌린다. 다시 벽에 다가간다.

한눈을 파는 사이 아이는 좀 전에 미끄러졌던 구간까지 도달했다. 움직임이 느린 걸 보아 아까보단 신중해진 걸 느낄 수 있다. 미끄러졌던 구간을 통과하고, 마지막 홀드를 향해 손을 뻗는다. 그러나 팔이 짧아 닿지 않는다. 먼저 다리를 옮겨야 닿을 거리지만 욕심을 부린다. 공중으로 몸을 날리며 한 팔을 뻗는다. 그러나 힘이 빠졌는지 홀드를 쥐진 못

하고 몸을 날린 자세 그대로 매트 위로 나동그라진다. 아이는 한참 엎드려 있다가 고개를 든다. 울음을 삼켜 코는 새빨갛고 눈엔 눈물이 그렁그렁하다. 이번엔 타격이 커 보인다. 아쉬움과 억울함과 창피함이 뒤범벅이 된 얼굴로 내가 앉은 자리에서 멀찍이 떨어진 의자에 앉는다. 나는 그 모습을 말없이 본다. 다가가서 떨어져도 괜찮다는 말로 위로할 수도 있을 것이다. 다음번엔 잘할 수 있다고 이야기해 줄 수도 있을 것이다. 그러나 아이의 눈은 지금 다른 곳을 보고 있다. 어쩌면 조금 전의 상황을 복기 중일지도 모르고, 머릿속을 깨끗하게 비우고 있을지도 모른다.

○

화단에 떨어진 그녀는 잠을 자는 것 같았다. 코를 골 듯하는 들숨을 보고 죽음이 임박했음을 알았다. 12층에서 몸을 던졌지만 한쪽에 쌓인 눈 위에 떨어져서 겉으로 보이는 상처가 많지 않아 다행이란 생각이 들었다. 병원으로 이송하는 중에 새처럼 뛰던 심장이 멎었다. 그게 너무 당연해서, 그 순간 내가 많이 미웠다. 그녀의 나이 열두 살이었다.

심장 리듬 분석지를 출력해서 구간별로 잘라낸 뒤 A4용

지 여섯 장에 차례로 정리했다. 첫 장은 서머리summary, 요약
본이다. 처음 심장 리듬을 분석한 순간부터 병원에 도착해
제세동기 패치를 몸에서 떼어낼 때까지의 과정이 시간 순
서대로 기록되어 있다. 용지 여백에 인적 사항과 현장 상황
을 간단명료한 문장으로 정리했다. 길게 소설처럼 적어봐야
달라지는 게 없기 때문이었다. 메마른 죽음은 그렇듯 낭만
이 증발한 문장이라야 가치를 인정받는다. 두 번째 장은 이
니셜initial, 최초 리듬, 세 번째부터 다섯 번째 장은 가슴압박
및 이송 중 리듬이다. 그래프는 홀로 살려달라고 몸부림치
던 심장이 기계의 전원이 꺼지기도 전에 잠잠해진 과정을
적나라하게 보여주고 있었다. 마지막 여섯 번째, 병원 도착
전 리듬까지 정리를 마친 뒤 A4용지를 스캔해서 PDF 파일
로 만들었다. 깔끔해서 보기 좋았다.

　잔 하나 가득 얼음을 넣어 커피를 탔다. 도망치듯 사무실
뒤 흡연 장소로 가서 소파에 앉았다. 꾸역꾸역 담배를 태우
고 싶은 욕구를 물리치고 목구멍 깊숙이 차가운 커피를 넘
기며 하릴없이 유튜브 알고리즘을 탔다. 미모의 공무원학원
일타강사가 학생들에게 쓴소리를 하는 영상이 우연찮게 눈
에 띄었다.

"자본주의사회에서는 너희들의 상품 가치를 증명해야 해. 잔인해 보여도 그게 현실이야."

　그 말이 왜 그렇게 슬프게 들렸는지 모른다. 언젠가부터 어른들이 아이들에게 훌륭한 상품으로 자라야 한다고 가르치고 있었던 건 아닌가 하는 생각이 들었다. 열두 해 짧은 생을 마친 너에게도 세상은 내내 같은 얘길 했겠지. 예쁘고, 영리하되 겸손하며, 획기적인 물건을 만들어낼 능력이 있다는 의미에서 창조적이고, 조직의 안녕을 위해서라면 정관수술을 하거나 아이를 낳지 않을 만큼 열정적인 인재, 아니, 상품이 되어야 한다고. 그러자 좋은 상품이 되기 위한 다양한 공정을 거치는 아이들이 떠올랐다. 아이들은 고른 치열을 만들기 위해 일찌감치 교정기와 함께하는 생활을 했다. 효율적으로 독서하는 법을 배웠다. 코딩인지 뭔지 유행하는 그게 좋다고 하니 학원에 보내서 두뇌를 코딩해 버렸다. 음악이 좋아서가 아니라 음악 수행평가에서 만점을 받기 위해 음악을 배웠다. 학교가 끝나면 학원, 학원이 끝나면 체육관이나 음악학원, 그리고 다시 학원. 밤늦도록 형광등 불빛에 갇혀 있다가 건물 1층 편의점에서 컵라면과 삼각김밥으로 끼니를 때우는 아이들. 그렇게 미끈한 유리알처럼 세

공되어 진열장에 오른 아이들의 삶이 행복할 것 같진 않았다. 제 인생에 바코드를 찍어버린 뒤엔 자연스럽게 매대에 진열된 다른 상품들을 곁눈질할 테니까. 세상에 돈 많은 사람은 많고 예쁜 사람도 많다. 영리한 사람도 많은데 개중엔 천재적인 사람들까지 눈에 띈다. 그 사실을 인지하고 거울을 보면 거기엔 많이 초라한 내가 있다. 가격표에 적힌 숫자를 빨간색 매직으로 찍찍 긋고 세일가를 다시 적어놓은 상품이 보인다. "유통기한 임박. 하나 사면 하나 더 드립니다. 개봉해서 가급적 빨리 드세요." 그래서 내 눈엔 상품이 되기 위해 애쓰는 세상의 모든 아이가, 간판에 '불행'이라고 적힌 대형마트에 전시되기 위해 행복을 한 줌씩 길거리에 내던지고 있는 것처럼 보였다.

○

아이가 손을 털고 일어난다. 몇 번째 도전인가 세는 걸 잊을 만큼 실패를 했다. 주변 공기가 이전과는 사뭇 다르다. 오로지 눈앞의 벽, 그리고 아이만 세상에 존재하는 것 같다. 다시 벽을 타기 시작한다. 차분하게 한 손씩, 한 발씩 짚어가며 몸을 옮긴다. 그러나 수없이 되풀이해 지난 그 길에서 또 실수가 나온다. 발이 미끄러지고, 손이 미끄러지고, 가까스로 벽에 매달린다. 그리하여 벽을 오르는 일은 세상이 거짓말을 하고 있음을 아이 스스로 깨닫게 만든다. 남들보다 빠르게, 실수 없이 정상을 밟아야 한다는 거짓말. 그래서 반짝이는 집과 높은 구두와 퍼스트 클래스 좌석을 손에 넣어 자신을 증명해야 한다는 거짓말. 그런 거짓을 곧이곧대로 믿고 자란 아이는 삶과 거짓의 괴리에 하루하루 절망하며 결국 눈썹 칼에도 잘려 나가는 실 같은 목숨줄을 쥐고 살게 될지 모른다. 반면에 제힘으로 벽을 오르고 떨어지는 과정을 수없이 되풀이하다 보면 중요한 사실을 깨닫게 된다. 남과 자신을 저울질해서 가치를 매기는 일엔 아무런 의미가 없다는 사실 말이다. 대신 벽은 말한다. 터진 손바닥으로 각자의 벽을 오르는 사람들은 그 자체로 아름답다. 사람은 누구나 살아내는 이상 존귀하다.

앞으로 얼마나 더 미끄러져야 정상에 도달할지 알 수 없다. 애초에 그게 불가능할 수도 있다. 발 디딜 자리는 좁고 손을 뻗어 매달릴 자리는 너무 멀리 떨어져 있다. 그럼에도 불구하고 우리는 다시 벽에 매달린다. 벽에 매달려, 벽과 함께 호흡한다.

당신이 더 귀하다

○

아파트 복도는 구조대와 구급대, 지휘대 직원까지 모여 빼곡했다. 여자 친구가 죽으려 한다는 지령을 받고 달려간 참이었다. 신고자는 남자였다. 이별을 통보한 뒤 몇 시간 지나지 않아 여자로부터 실시간으로 목을 매고 있다는 전화를 받았단다. 그는 전 여자 친구의 생사를 119에 맡기고 싶은 건지 현장엔 나타나지 않았다.

"문 열어주세요! 안에 계세요!"
"경찰은 왜 안 와?"
"원래 이런 건 빨리 오는데, 이상하네요."
"계세요! 안 열어주시면 파괴합니다!"

수분을 대기했지만 문 너머에선 기척이 없었다. 점점 입이 말랐다. 지렛대를 들고 있던 직원이 지휘관에게 눈짓을 했다. 지휘관이 고개를 끄덕였다. 막 문틈으로 지렛대를 욱여넣으려는 찰나, 벌컥 하고 문이 열렸다.

"무슨 일이세요."

팬티만 겨우 걸친 할아버지였다. 금방 샤워를 마쳤는지

비누 냄새가 났다. 모여 있던 직원들은 하나같이 눈이 동그래졌다. 집주인도 이게 뭔 난린가 싶어 입을 벌리고 쳐다봤다. 최초 신고를 경찰이 받았는데, 우리 측에 지원 요청을 하는 과정에서 주소지 정보가 잘못 전달된 것이었다. 지휘관이 상황을 설명하고 거듭 사과를 한 덕에 할아버지도 별말은 않았다. 손잡이를 뜯어낸 뒤라도 허허하고 넘겼을지 생각만 해도 아찔했다.

다시 지령을 받아 정확한 주소로 이동했다. 경찰 쪽에서 먼저 도착해 구조대상자의 안전이 확보된 상황이라는 무전이 왔다. 다른 대원들은 귀소했고, 혹시 몰라서 구급대는 계속 진행했다. 현장엔 남자 경찰이 하나, 여자 경찰이 하나 있었다. 여자 경찰이 목을 매겠다고 전화한 여성과 이야기를 나누고 있었다. 잘 모르겠지만 표정이 누그러지고 한 번씩 고개를 끄덕이는 것으로 보아 많이 진정이 된 듯했다.

겨우 20대 중반이나 됐을까, 여자는 앳된 모습이었다. 길고 까만 생머리 사이로 보이는 얼굴은 화장기 없어도 빛이 났고 아직 젖살이 남아 통통했다. 저렇게 젊고 예쁜데 저를 버린 사람 때문에 죽으려 했다는 사실이 안타까웠다. 다행히 진심으로 목을 매려던 건 아니었는지 아니면 신고를 받고 달려온 이들 덕분에 마음을 접었는지는 몰라도 여자는 죽지 않았다.

　사람들은 때때로 원하는 바를 이루지 못할 때 죽을 마음을 먹는다. 5급 공무원이 되지 못해서, 성형을 했는데 생각보다 별로라서, 중간고사에서 전교 10등 안에 들지 못해서. 삶의 목표가 오히려 내 삶의 가치를 의심하게 만드는 것이다. 사랑이 목표가 되면 좀 나을 것 같지만 사정은 비슷하다. 사랑을 이루지 못하는 것만큼 사람을 죽고 싶게 만드는 것도 없기 때문이다. "당신은 사랑받기 위해 태어난 사람." 누군가에게 그건 절망과도 같은 노래다.

　목표를 이루지 못해 절망하는 사람들이 있는 반면 목표를 이룬 덕에 자신이 남들보다 뛰어나다고 믿는 사람들도 있다. 내가 대한민국 고위공무원인데, 내가 팔로워가 100만 명인데, 내가 아버지 생신 선물로 요트를 사드렸는데, 내가 낸데. 그 우월감은 목표를 이룬 이들이 그렇지 못한 사람들을 깔보거나 심지어 악랄하게 괴롭히는 것에 스스로 정당성을 부여한다. 목표의 달성 여부에 따라 사람이 갑과 을로 나뉜다. 갑은 자신이 크나큰 노력과 시간을 들여 합당한 지위를 손에 넣었음을 강조하고, 갑이 되지 못한 사람들은 열심히 살고 있는 와중에도 자신의 삶을 부정하며 갑의 이야기에 동조한다. 갑이 되는 삶을 목표로 한다. 그래서 당신도 할 수 있다고 기름이 번들거리는 얼굴로 말하는 자기계발서가 불티나게 팔리고, 유명한 성형외과는 쌍꺼풀 수술이라도 하려면 반년 전부터 예약을 잡아야 하고, 또 SNS 자기소개란에 '10년 뒤 자산 10억, 20년 뒤 자산 100억, 30년 뒤 자산 1000억!'이라고 적은 사람들이 점점 늘어난다. 부끄러운 얘기지만 나도 최근에 이사하면서 "40살이 되기 전에 100억을 벌어서 절반은 쓰고 나머지 돈으로 대안학교를 짓는다"라고 적힌 파란색 수첩을 발견했다. 자기암시인가 뭔가가 유행했을 때 수동 로또를 사는 기분으로 써둔 것이었다. 나는 올해로 마흔이 되었고, 로또는 낙첨이었다. 나름 열심히 살았는데도 그랬다. 해서, 갑은커녕 'ㄱ' 언저리에도 가지 못한 덕에 우월한 인간이 된 기분을 체험할 수 없었다.

탁 하고 치니 억 하고 죽었다고 이야기하는 건 어떤 기분일까. 땅콩이 없다고 하늘 위에서 비행기를 유턴시키는 건 어떤 기분일까. 물론 내 새끼 잘못도 있지만 겨우 선생이나 하면서 아이를 주눅 들게 만들었으니 부모로서 선생에게 정당한 벌을 주는 건 어떤 기분일까. 짜릿한가. 세상이 온통 무지갯빛인가. 갑이 되지 못한 나는 영영 그 기분을 알 수 없을 것이다. 성공하고 싶지 않은 게 아니라 그냥 하루하루

열심히 살기도 바빠서 그렇다. 일할 때는 일하느라 바쁘고 쉬는 시간엔 애들이랑 논다고 바쁘다. 심성이 고운 아내가 상처받지 않게 하려면 말마디에도 온 신경을 써야 하고, 늙어가는 부모님과 함께 어떻게 하면 사이좋게 잘 늙어갈까도 고민해야 한다. 내 삶은 그런 소소한 사건과 고민들의 연속이었다. 뚜렷한 목표가 없는 삶이었다. 자랑할 건 아니지만, 나는 그게 나 같은 보통 사람들이 사는 방식이라고 생각한다. 목표를 향해 달리고 싶어도 주변 풍경에 끊임없이 마음을 빼앗기는 삶. 어느 순간 거창한 목표는 사라지고 가장 좋아하는 풍경에 묻혀 있다가 해가 지면 죽음을 맞는 삶. 그런 우리의 삶은 별처럼 아름답고 빛나는 그대로 귀하다. 누가 손가락질을 해도 별은 사라지지 않는다.

사실, 내 맘을 찢어놓는 이들 때문에 죽을 결심을 하는 건 쉽지 않다. 내 삶이 그들의 삶보다 훨씬 더 귀하단 걸 본능적으로 알기 때문이다. 그가 아무리 똑똑해도, 돈이 많아도, 예뻐도, 심지어는 한때 사랑했어도 나보다 귀하진 않다. 하물며 나를 괴롭히는 사람들의 인생 같은 건 굳이 신경 쓸 이유도 없다. 그들은 젠체하며 힘으로 당신을 내리누르려 하지만 실상은 할 줄 아는 게 그것뿐이라서 그렇다. 그렇게 해야만 겨우 자신을 증명하는 5급수 인생들이라 그렇다. 물고기가 살 수 없는 물에서 당신이 물고기가 되어줄 필요는 없다.

며칠 전에 아까운 사람이 또 죽었다. 너무 늦어서 위로라고 할 만한 게 못 되는 것이 민망하고 미안하다. 지금은 좋은 곳에 있을 친절한 그녀에게 마음이라도 전했으면 하는 바람으로 적는다.

당신이 더 귀하다. 이제 맑은 물에서 헤엄치길.

사랑도 면죄부가 되나요

○

잠긴 문을 열어달라는 신고였다. 집에는 얼마 전 심장마비로 쓰러진 아내가 홀로 있고, 자신은 문밖에서 들어가지 못하는 상황이라는 설명이었다. 도어록의 번호가 틀려서 문이 열리지 않는다고 했다. 그럴듯하게 들리면서도 어딘지 앞뒤가 맞지 않았다. 횡설수설하는 모양이 술을 마신 것도 같았다.

"신고자분, 약주하셨어요?"
"네. 어젯밤에 먹고 집에 들어가려니까 문이 잠겼어요."
"그럼 밤새 집 앞에서 기다리신 건가요."
"네. 빨리 와서 열어주세요."
"잠시만 기다려주세요."

현장에는 구조차가 먼저 도착해 있었다. 구조대가 문을 열면 우리 구급대가 들어가서 환자의 상태를 파악하는 양상의 일반적인 시건개방 출동이었다. 다섯 번에 한 번꼴은 변사체를 보기 때문에 조금 긴장이 되었다. 비좁은 엘리베이터에 들것과 소생 장비를 때려 넣고 올라가는 동안 계기판의 숫자가 꿈지럭거리며 늘어났다. 느린 심장박동 같아서 마음이 더 초조했다. 땡. 엘리베이터 문이 열렸고, 취기로 시뻘게진 얼굴로 문을 따라고 재촉하는 신고자와 난감해하는 구조대 직원들이 눈에 들어왔다. 그리고 두 명의 경찰이 있었다.

경찰의 설명은 다음과 같았다. 집 안에 있는 사람은 신고자의 전 부인이고, 경찰 측에 오래전에 신고자에 대한 접근금지신청을 해놓았다는 것이었다. 그러니까 지금도 함께 사는 듯이 말한 것도 거짓이고, 아내가 위급한 상황인 것처럼 꾸며댄 것도 거짓인 셈이었다. 심장마비로 쓰러진 적이 있다는 것도 어쩌면 거짓일 거란 생각이 들었다. 만약에 쓰러졌다면 내 눈앞에서 문 따라고 고래고래 소리 지르고 있는 당신 덕이었음이 분명했다.

"119입니다. 안에 계시나요." 문을 두드리며 말했다.
"네. 있어요." 기어들어 가는 목소리가 답했다.
"아프신 데 없나요."
"없어요."
"알겠습니다. 그럼 저흰 들어가 볼게요."

경찰과 신고자를 뒤로하고 구조대와 함께 엘리베이터에 올랐다. 닫힌 엘리베이터 문에 신고자의 욕지거리가 반사되어 내려가는 동안 아파트 복도가 컹컹 울렸다.

○

하루는 첫째가 눈물이 그렁그렁한 얼굴로 말했다.

"아빠, 나 어렸을 때는 안 그랬는데 점점 많이 혼나는 것 같아요."

다 씹은 풍선껌을 파란 사인펜으로 색을 입혀서 찰흙처럼 가지고 놀다가 내게 혼난 날이었다. 사실 혼이라 봐야 앉혀놓고 해도 될 일과 해선 안 되는 일을 조곤조곤 이야기하는 정도인데, 기겁하며 소리치는 엄마보다 "앉아봐, 얘기 좀 하자" 말하는 아빠가 더 무서운 게 잘 이해가 되지 않았다. 입을 열기도 전에 벌써 눈물부터 뚝뚝 흘렸다. 거실 바닥 군데군데 지뢰처럼 눌어붙은 껌을 떼는 동안 거의 도를 닦는 심정이 되었다. 울고 싶은 건 나였다.

"아빠는 나를 사랑해서 혼내는 거죠."
"아니." 얄짤없이 답하자마자 서러운지 엉엉 울었다.

사랑이 행동의 이유가 될 때, 사랑의 의미는 변질된다. 가령 '사랑해서 밥해준다'라는 말에서 사랑은 생색이 되고, '사랑해서 주는 선물'에서의 사랑은 선물의 크기에 따라 크기가 달라지는 조건부의 감정이 된다. 최악은 '너를 사랑해서 죽는' 것이다. 여기서 사랑은 책임이다. 원하지 않아도 타인의 죽음에 대해 억지로 짊어져야 하는 책임. 더해서 사랑이란 단어가 갖는 강력한 에너지와 모호한 의미 덕에 변질된 사랑이 수식하는 모든 행동에는 한없는 정당성이 부여된다. 사랑이 면죄부가 된다. 남자가 문 따달라고 소리치며 흙발로 전 부인의 가슴을 짓밟았던 것도 사랑해서 한 일이라면 용서가 된다.

아이에게 감정을 드러내며 마음밭을 헤집어놓은 뒤에 널 사랑해서 혼냈다고 말하는 것도 사랑을 면죄부로 쓰는 일이다. 그렇게 말하는 사람의 내면에는 사랑 대신 다른 게 자리 잡고 있다. 바로 약자를 힘으로 통제하려는 욕구다. 제 자식을 그런 식으로 대하는 부모가 어디 있겠냐고 되물을 수도 있지만 사실 자식이기 때문에 욕구가 행동으로 옮겨가기 더 쉽다. 자식을 힘으로 주무르면서 그걸 아빠 엄마의 사랑이라고 말할 수 있다. 아이들은 약하고, 뭐든 잘 믿기 때문이다. 짐승 같은 부모라도 아이에겐 사랑이다.

사랑은 그 자체로서 표현이 된다면 좋다. 안아주는 것, 인내하는 것, 입 맞추는 것, 책 읽어주는 것, 잠들 때까지 지켜보는 것. 그런 것들은 사랑이지만 성질부리고 상처 주는 건 사랑이 아니다. 적어도 내겐 자식을 혼내는 일도 교육의 수단이지 사랑 표현은 아니다. 그래서 얼마 전부터는 혼날 때마다 사랑을 잃을까 두려워하는 아이에게 내 마음을 말해주기로 했다.

네가 잘못을 했건 아니건 아빠가 널 사랑하지 않는 일은 일어나지 않아. 무서워하지 마. 나는 늘 너를 사랑할 거야.

오늘 자살하는 너에게

○

안녕. 난 소방서에서 일하는 구급대원이야. 초면부터 반말지거리인 게 맘에 안 들면 뭐라 떠드나 지켜보는 심정으로 봐도 좋고, 상관없다면 그냥 편하게 내 얘길 들어줬으면 좋겠어. 미리 말하지만 세상이 살 만하다는 이야기를 하려는 건 아니야. 세상은 지옥이야. 특히 요즘은.

우리끼리는 요새가 자살 시즌이라고 해. 왜냐하면 이제 정말 봄이거든. 내가 소방서에 처음 들어왔을 때는 몰랐는데 사람들은 겨울엔 자살을 많이 안 하더라고. 왜 그럴까 고민해 봤지. 아마도 봄이 오면 날은 풀리는데 사람 마음의 온도는 차가운 그대로여서가 아닐까 생각을 해봤어. 그 괴리를 견디기 어려운 거야. 비슷하게 비가 오는 날에도 스스로 목숨을 끊는 경우는 많지 않았어. 사람은 따뜻할 때 더 많이 죽어. 적어도 내 경험으론 그래.

난 애가 둘이야. 뭐 그런 얘기 많이 듣지? 자식들 때문이라도, 아니면 남은 가족 생각해서라도 자살하는 건 아니라고. 그거 다 개소리야. 내가 죽게 생겼는데 가족까지 챙길 정신이 있을 리가 없지. 오히려 가족들이 자살을 부추기는 경우도 부지기수야. 나만 해도 그래. 야간 근무한다고 밤새워 일하고 오면 우리 집은 그냥 개판이야. 그래서 결혼 초반엔 와이프랑 이걸로 엄청 싸웠어. 집은 개판이지, 애들 유치원 학교 다녀오면 겨우 정리했던 집은 다시 개판이 되지, 있는 힘 없는 힘 끌어모아서 저녁밥 차려놓으면 다 먹고 감사하단 인사도 없어, 쉬려고 잠깐 소파에 누우면 남들처럼 집안일 좀 도우라고 잔소리하는 거에 버럭 했다가 빈정 상해서 또 싸우고, 겨우 안정이 돼서 잘 밤에 휴대폰 알림이 띵 띵띵 울려서 보면 보험사고 카드사고 은행 대출이자고 하이에나 같은 새끼들이 4인 가족 외벌이로 월 300도 못 버는 내 통장을 두고 지들끼리 겁나게 물어뜯고 있어. 그러고 나면 정말 통장에 돈이 하나도 안 남아. 0이야. 꼴에 공무원이라고 겸직도 못 해서 내 수입은 평생 그 수준인데 그걸 두고 미안한 마음도 생기질 않나 봐. 아무튼 답답한 마음에 성질이 나서 휴대폰을 (비싼 거니까 이불 위에) 집어던지고 잠이 드는 둥 마는 둥 하다가 아침이 밝아. 그러고 나면 똑같은 하루가 다시 반복이 되지. 미쳐버려.

사람은 정말 고통스러울 때 죽을 맘을 먹는 것 같아. 우리 외할머니도 연탄불 피워서 돌아가셨는데 위암으로 몇 년을 고생하다가 유서에 도저히 아파서 안 되겠다고 쓰고선 돌아가셨어. 별다른 얘기도 없었지. 특히 첫째 손주인 나에 대한 염려라든가 그런 게 전혀 없어서 할머니가 돌아가신 와중에도 난 삐쳐 있었어. 정말이야. 죽은 사람한테 삐쳐 있었다고. 당시엔 그랬지만 지금은 얼마나 아팠으면 그랬을까 하는 생각도 해. 아픈 거 외엔 다른 어떤 생각도 나지 않는 거지. 첫째 손주고 나발이고 그냥 아파 죽겠는 거야. 아파 죽겠어서 죽는다는데 가족을 생각하시라고, 세상은 살 만하다고, 아니 미쳤냐고. 정말 스스로 목숨을 끊으려는데 그런 말이 귀에 들어올 리가 없잖아.

자살 대신에 나를 괴롭히는 환경이나, 사람이나, 가족이나 뭐 그런 것들을 변화시키거나 그것들에 복수하는 방법도 있지만 사실 쉽지가 않아. 특히 세상이 불공정하고 정의롭지 못한 걸 바꾸려는 건 불가능에 가깝지. 그래서 위정자들이 웃는 얼굴로 불의를 저지르는 거고. 네가 그런 수고를 감수할 필요는 없어. 그래도 혹시나 바꿔보려는 마음이 들거든 그냥 필요할 때 숟가락만 얹으면 돼. 세상은 그런 숟가락들이 서서히 바뀌가는 거니까. 어쨌든 세상을 바꾸는 건 일단 힘들고, 그렇다고 사람이나 가족을 바꾸기엔 네 재주가 모자라지. 나도 알아. 우리 와이프도 10년을 같이 살면서 앞에서 북 치고 장구 치고 별짓 다 해봤는데 많이 안 달라졌어. 나도 마찬가지고. 그냥 내려놓고 살면서 마음의 평화를 도모하는 게 최선이야. 그럼 이제 마지막 남은 수단은 이 모든 것들에 칼과 망치를 디밀어 부숴버리는 거지? 그건 할 수 있지만 하기 싫어서 안 하는 거고. 대신 너를 끝장내려는 거잖아. 칭찬 하나만 할게. 넌 그래서 상냥한 사람이야. 좋은 사람이야.

칭찬 한마디 했다고 기분이 좋아진 건 아니겠지? 우쭐하지 마. 네가 당장 오늘 죽으면 내가 얼마나 힘들어지는지 얘기해 줄게. 일단 심정지는 상황실에서 출동 지령 내리는 것부터가 달라. 난리를 치거든. 심정지 추정 출동입니다, 위치는 어디, 엄마가, 아빠가, 할아버지가, 할머니가, 친구가, 여자 친구가, 남자 친구가, 죽었다고 합니다, 죽은 것 같다고 합니다, 목을 맸다고 합니다, 가스 냄새가 난다고 합니다, 몇 층에서 떨어졌다고 합니다, 진짜 방송을 듣는 순간 내가 심장마비가 올 지경이야. 출동하는 동안 운전원은 사이렌을 최대로 켜고 잘 나가지도 않는 스타렉스 구급차 액셀을 풀로 밟고 빨간불에 차로를 막 역주행해서 달려. 그 와중에 신고자들한테 빨리 오라고 계속 전화 오고, 본부에서도 쉴 새 없이 무전을 때려. 진짜 미쳐버려. 목숨 걸고 달려서 도착하면 누군가의 시신이 기다리고 있지. 제일 거지 같은 게 뭔 줄 알아? 자살한 사람들은 보통 안 보이는 데서 죽기 때문에 살리기엔 너무 늦게 발견이 된다는 거야. 근데 우린 그걸 알고도 달리는 거지. 혹시나 하는 마음으로 뛰어가는데 역시나 숨이 끊어진 지 오래인 사람이, 사람이었던 것이 기다리고 있어. 그럼에도 불구하고 신고한 사람들이나 가족들은 우리가 뭐라도 되는 줄 알고 기대에 찬 눈빛을 해, 살려달라고 소리쳐, 하나님이고 부처님이고 막 나와. 내가 무슨 힘이 있겠어. 너무 익숙한 무력감에 온몸에 힘이 빠져서 다시 소방서로 돌아가지. 그리고 그런 날은 정말 미친놈처럼 술을 퍼먹어.

우울한 얘기를 하려던 건 아닌데 미안해. 여하튼 네가 죽으면 내가 너무 힘들어. 그러니까, 완벽한 해결책이 되진 않을 텐데 이렇게 한번 해보는 건 어때? 지금 이 글을 읽는 순간 밖으로 나가서 걷는 거야. 배고파서 쓰러질 것 같으면 억지로 뭐도 좀 먹고, 목마르면 편의점에서 물도 사다가 마시고. 그러다가 막 뽐뿌가 오는 물건이 눈에 들어오면 질러버리고. 그러려면 지갑은 좀 두둑하게 만들어서 나가야겠지? 돈이 없으면 친구한테 빌려도 좋고, 그게 싫으면 요새 ATM 기계에 카드 넣으면 현금서비스도 얼마든지 받을 수 있어. 많이는 필요 없을 거야. 마지막이라고 생각하고 걷는 거니까. 그렇게 걷다 보면 꼭 괜찮은 사람을 만난다거나 쓸 만한 뭔가를 줍게 되어 있거든. 인생이 그래. 대학 수업 때 들은 얘긴데, 아메바가 진화해서 너 같은 사람이 되려면 허리케

인에 부품을 모두 던져 넣고 기도해서 점보 비행기가 탄생하는 것과 비슷한 확률이 필요하대. 그러니까 그냥 걷다가 너를 반하게 만드는 무언가를 만날 확률은 그보다 훨씬 높은 거야. 그러니까 일단 나가서 걸으라고.

나는 지금 편지를 띄우는 거야. 알지? 옛날 영화 같은 데 보면 유리병에 편지를 담아서 바다에 띄우잖아. 그걸 건너편 해변을 서성이던 누군가가 주워 들고. 네가 만에 하나 이 글을 읽는다면 그런 엄청난 우연을 넘어서 내 이야기를 듣는 거야. 별로 칭찬하고 싶지 않지만 그게 다 네가 상냥하고 좋은 사람이기 때문에 가능한 거야. 나쁜 놈들은 이런 데 관심 없거든. 남의 뒤통수쳐서 3년 안에 100억 만들기, 이런 데나 혹하지. 삶이나 죽음에 대해 너처럼 고민하지 않아.

사실 이 글은 너만 보면 돼. 딱 너만 위해서 세 시간이나 적은 거니까 정성을 봐서라도 오늘은 죽을 생각 말고 밖에 나가서 걸어. 부탁할게. 나 오늘 출근하거든.

인간의 죽음을 대하는 인간의 태도

○

굳이 떠올리려 애쓰지 않아도 생각의 수면 밖으로 고개를 내미는 기억들이 있다. 일상의 고요한 물길 아래 미세한 개흙처럼 침잠해 있던 그것들은 어쩌다 곁을 지나는 발길에 소용돌이치며 솟구쳐서 맑은 물을 탁하게 만든다.

여름 해가 절정이던 어느 날, 모 소방서 직원들이 함께 휴가를 떠났다. 도심에서 한참 떨어진 산골의 한적한 민박이었다. 총각도 있었고 아내의 허락을 겨우 득해서 나온 유부남도 있었다. 남자들끼리 모여서 오랜만에 긴장을 풀고 놀았다. 사무실의 공기를 순식간에 얼어붙게 만드는 출동 벨 소리도, 그들을 애타게 부르는 구조대상자의 외침도 없었다. 함께 길을 걷는 여인의 보드랍고 따스한 손길이나 퇴근 시간에 맞추어 현관문 앞까지 마중 나오는 아이들의 들뜬 눈빛은 없었지만, 남자들은 그런 시간도 썩 나쁘지 않다고 느꼈다. 계곡물에 뛰어든 햇살이 조약돌 틈새로 부서져 작은 물고기 떼처럼 모였다가 흩어졌다. 눈을 감고 한가로이 흐르던 바람은 길을 막은 나무의 줄기 줄기를 넘나들며 간질이고, 나무가 오소소 떨며 해처럼 빛나는 잎새들을 어지럽게 흔들어댔다. 남자들은 술에 취해 이야기를 주고받다가 문득 멈추어 가슴 깊이 산 공기를 들이마셨다. 밤늦도록 이야기가 피어났다.

이튿날 아침, 황토방에 불을 때고 잠이 들었던 직원들이 일어나지 않았다. 일산화탄소 중독으로 인한 심정지였다. 일산화탄소와 결합한 헤모글로빈이 시신의 이곳저곳을 들 쑤시고 다니며 붉은 얼룩을 만들어놓았다. 잠에서 깨어난 직원들은 익히 아는, 수백 번을 본 죽음의 민낯을 애써 외면하며 영원히 잠든 동료들의 가슴을 쉼 없이 내리눌렀다. 황토방의 열기가 시신에 옮겨가서 마치 그것이 원래의 체온인 양 절망하는 사람들을 기만했다. 주변 관서에서 구급차 여러 대가 출동했다. 구급대원들이 떼어내기 전까지 살아남은 직원들은 악착같이 소생술을 지속했다. 두 손이 떨어지지만 않는다면 죽은 사람이 다시 살아나기라도 할 것처럼.

"안타깝긴 한데, 사실 창피한 일이죠."

뉴스를 보던 센터장이 툭 뱉었다. 사건이 일어나고 불과 몇 시간이 흐른 뒤였다.

"불을 때기 전에 점검을 했어야지요. 안전을 책임지는 게 우리 일인데, 사람들이 뭐라고 생각하겠어요?"

같은 직원의 사망 소식이 텔레비전에서나 나올 법한 이야기로 들리는 모양이었다. 미리 점검을 했어야 한다는 말에 이어 코로나 시국에 저 동네 소방관들은 굳이 모여서 술을 먹었어야 했냐는 말까지 덧붙였다. 그가 오래도록 사무직에만 있어서 현장 경험이 적기 때문이라고, 그래서 저리 말하는 거라고 생각했다. 아니, 그렇게 믿고 싶었다. 맥 없는 혈관을 짚었을 때의 까마득함과 체온계가 인지하지 못하는 죽음의 온도를 경험한 적이 없으니까. 그래서 '조미료가 덜 들어가서 짜장면이 제맛이 나지 않는다' 평가하듯 말하는구나. 인간의 죽음을 대하는 인간의, 인간다운 태도가 저치의 가슴엔 자리 잡지 못했구나.

수년 전, 어린 학생들 여럿이 바다에 산 채로 수장된 일이 있었다. 내 기억으로 그 이후에 전 국민이 몇 달간 우울증을 앓았다. 사람들은 배를 몰던 선장을, 무리한 개조와 증축을 진행한 해운사를, 대통령을, 그 밖의 관련인들을 비난했다. 그럴 법도 했다. 사람이 죽었다. 그것도 애들이 죽었다. 대충 덮고 넘어가기엔 사고의 규모가 너무 컸고 또 참담했다. 분향소가 만들어졌다. 영정 앞에 놓인 꽃들은 이제 아무도 남지 않은 바다를 떠다녔다. 거기엔 원초적인 슬픔이 있었다. 메마른 사회가 암만 대걸레로 닦아도 닦아낸 자리에 끊임없이 새로운 눈물이 떨어졌다. 배수로가 없는 슬픔은 눅눅하게 바닥을 적셨고, 그래서 희끄무레한 삶의 태양이 천천히 슬픔을 증발시키길 기다리는 수밖에 없었다. 그렇게 수개월이 흐른 뒤, 이상한 일이 벌어지기 시작했다.

죽음을 지겹다고 말하는 사람들이 나타났다. 누가 먼저 말했는가는 분명하지 않다. 정치인인가, 아니면 기자? 어떤 교수였나? 아니면 내가 그랬나? 잘 모르겠다. 슬픔에 잠겨 있던 사람들 중 몇몇은 지겨운 죽음의 이미지를 받아들였다. 그리고 여전히 슬퍼하는 사람들을 비난하기 시작했다. 사람들이 좌와 우로 나뉘었다. 서로에게 서로는 냉혈한이고, 빨갱이였다. 이해할 수 있었다. 나라 전체가 수장된 것처럼 깊은 슬픔이었기 때문에 그런 슬픔이 지긋지긋해서 죽음을 지겹다고 느낄 수도 있었다. 문제는 도를 지나치는 사람들이었다. 그들은 제 새끼를 바다에 묻은 부모들을 두고 나라에서 돈을 받아내려는 거지들이라 불렀다. 시체 장사를 한다고 모욕했다. 어린애들 몇 명 죽은 게 대수냐며 코웃음을 쳤다. 그건 인간의 죽음을 조롱한 것이나 다름없었다. 그로부터 8년 뒤 어느 날 밤, 100명도 더 되는 사람들이 같은 사람에게 깔려 죽는 일이 생겼을 때도 그것과 다르지 않았다. 악마의 파티에 참여한 덕이네, 놀다 죽었네, 마약을 했네. 주인공이 되어야 할 죽음은 엑스트라로 밀려나고, 카메라 바깥에서 눈칫밥을 먹는 형편이 됐다. 많은 이들이 넝마가 된 죽음의 얼굴에 침을 뱉었다. 세상은 무섭도록 변했지만 동시에 무섭도록 변하지 않았다.

죽음을 대면하여 공감하고 함께 슬퍼할 수 있다. 어느 신에게나 조용히 기도를 올릴 수도 있다. 그게 어렵다면 죽음 자체를 외면하는 방법도 있다. 마음의 집이 얼마나 단단하게 지어졌느냐에 따라 죽음을 대하는 방식은 죽음을 떠올리는 개인의 수만큼이나 다양할 수 있다. 하지만 인간의 죽음을 조롱해선 안 된다. 당신과 내가 다름 아닌 인간이기 때문이다.

우리 엄마, 데려가 주시면 안 돼요?

○

결혼 9년 차인 우리는 여전히 많은 이야기를 나눈다. 비번 날 아이들이 유치원과 학교에 가고 나면, 아내와 나는 서둘러 운동복으로 갈아입은 뒤 체육관에 들러 한바탕 땀을 흘리고, 집에 돌아와 다소 거창한 점심 식사를 하고, 먹다 남은 와인병의 코르크를 뽑아 각각 한 잔씩 따른다.

사실 와인은 아내와 대화를 나누기 위한 구실이다. 소량의 알코올은 양질의 대화가 이루어지기 위한 기폭제가 된다(세 잔부터는 헛소리가 절반쯤 섞인다). 대화의 주제는 주로 육아에 관한 것이다. 아이들이 어떻게 하면 건강하게 자랄 수 있을까 함께 고민하는 게 절반, 나머지 절반은 엄마 아빠가 처음인 우리 부부의 미성숙한 성정에도 불구하고 예쁘게 잘 자라주는 아이들에 대한 감사.

지금이야 와이프도 대한민국의 용감하고 정력적인 엄마 중 한 사람이 되었지만 몇 년 전만 해도 많이 달랐다. 매사에 자신이 없었는데, 특히 육아가 그랬다. 어떤 말을 해주어야 할지, 무얼 먹여야 할지, 우는 아이는 어떻게 달래야 할지, 초보 엄마라면 누구나 고민하는 부분이라는 걸 감안하더라도 아내는 고민하는 행위 자체에서 엄청난 스트레스를 받았다. 아내는 부모로부터 어떻게 아이를 다루어야 하는가를 자연스럽게 체득하지 못했다고 말했다. 아내의 아버지는 불같은 성격을 못 이겨 종종 폭언과 손찌검을 했고, 어머니는 먹고사는 일에 지쳐 이렇다 할 관심과 애정을 주지 못했다. 내 아내는 아이들이 말을 안 듣는다고 욕하거나 주먹을 휘두를 만한 사람이 아니다. 나 몰라라 내버려둘 만한 사람은 더더군다나 아니다. 그래서 고민이 깊었다.

○

아이의 눈은 무심했다. 당혹감도, 슬픔도, 그렇다고 분노가 담긴 눈도 아니었다. 몸집으로 보아 갓 일곱 살이나 되었을까, 얼굴엔 어른의 그것 같은 짙은 피로감이 묻어났다. 엄마는 속옷만 입고 손목과 사타구니에서 샘처럼 피를 흘리고 있었다. 문구용 커터 칼로 잘게 쪼개진 피부 아래로 채 아물지 않은 어제의 상처가 다시 벌어졌다. 주황색 옷을 입은 아저씨는 엄마에게 다가가려다 가슴께를 주먹으로 얻어맞고 멀찍이 떨어져 있었고, 주황색 옷을 입은 아줌마만 가까이 다가와 엄마의 팔다리에 붕대를 감고 있었다. 그 아줌마는 다정한 말씨로 병원에 가자고 이야기했지만 엄마는 안 간다고 막무가내였다. 아이와 주황색 옷 아저씨의 눈이 마주쳤다. 아저씨가 씨익 웃어 보였다. 아이는 그게 자기를 위해 억지로 웃는 거란 것쯤은 알 수 있었다. 아이가 엄마의 눈치를 살피며 아저씨에게 몰래 다가갔다. 그리고 들릴 듯 말 듯 한 목소리로 속삭였다.

"우리 엄마, 데려가주시면 안 돼요?"

아저씨가 잠깐 놀란 표정을 짓더니 어색하게 웃어 보였다. 그리고 눈을 이리저리 굴리며 입맛을 다셨다. 아이는 그게 거절의 표시란 걸 알았다. 그래서 아저씨가 더 이상 난감해하지 않도록 작게 웃어 보였다. 다 큰 어른들이 지을 법한 미소를 짓고, 돌아서 종종걸음으로 제 방에 들어가 버렸다.

○

이야기를 마치자 안 그래도 큰 아내의 코가 붉게 물들며 부푼다. 소처럼 큰 눈에서 굵은 눈물이 몇 방울 떨어진다. 나는 눈이 작아서 개울처럼 눈물을 흘리느라 울음 끝이 긴데, 아내는 폭포처럼 짧고 굵게 운다.

그건 그냥 이야기 속 어린애가 불쌍해서 우는 걸까. 아니, 아마도 당신은 지금 그 어린애의 모습에서 당신 자신을 보기 때문에 우는 것이다. 어른의 미소를 흉내 내는 아이. 처음 제 집에 들어온 친절한 사람들에게 엄마를 데려가 달라고 말했던 아이. 사랑보다 피와 우울이 더 익숙한 아이. 당신은 그 아이가 자라 엄마가 되어서 어떻게 제 자식을 키워야 하나, 무슨 말로 사랑을 전해야 하나 고민하는 모습을 보고 있을 것이다. 허파에 젖은 솜이라도 들어찬 것처럼 마음을 말로 만들어내지 못하는 어떤 여자의 모습을 보고 있을 것이다.

한때는 상처 많은 당신을 감당할 자신이 없었다. 당신에게 세상은 슬픔이었다. 부모는 사랑이 없었고, 친구는 시간이 없었다. 혼자였던 당신은 마주친 인연들에 용기를 내 손을 내밀었지만 결과는 한결같았다. 쓸모를 다하면 소멸하는 관계. 어쩌다 먼저 다가오는 인연도 당신 주머니 속 푼돈에 관심이 있어 접근하는 이들이 대부분이었다. 그러다 나를 만났다. 당신 말로는 자기처럼 외로워 보여서 좋았다고 했다. 작은 물줄기가 모여 큰 강이 되어 흐르듯 외로움과 외로움이, 슬픔과 슬픔이 만나 더 큰 비극을 낳지나 않을까 염려되었다. 그러나 그런 일은 벌어지지 않았다. 외로움은 양손 가득 쥐고 있는 사랑을 줄 곳이 없을 때 피어나는 감정이기 때문이었다. 오래도록 쌓인 사랑을 서로에게 덜어내는 동안 슬픔은 점점 작아졌고, 지금 이 순간도 작아지고 있다.

울음을 그친 아내는 휴대폰 속 아이들 사진을 한참 들여다본다. 그리고 내가 익히 아는 그 얼굴을 한다. 잘 모르고 서툴러서, 더 좋은 엄마가 될 만큼 알차게 지난날을 보내지 않아서 한없이 미안하다는 표정. 그러면 나는 그 표정이 싫어서 휴대폰을 쥐고 있는 아내의 손을 가져다 내 양손 사이에 포개어 놓는다.

가볍게 취기가 오른 몸으로 우리는 함께 침대에 누워 쪽잠을 청한다. 맞잡은 손은 고요하다. 그러나 입술보다 더 많은 말을 하고 있다.

사랑 때문에 죽은 사람은 없다

○

라고 엄마가 말했다.

나는 허리 디스크 수술을 받고 한 달여간 병원 신세를 지는 중이었다. 7년을 만난 여자 친구는 내가 군에서 백일 휴가를 나왔을 때 헤어지자 말한 것과 얼추 비슷한 투로 두 번째 이별을 통보했다. 내 나이 스물여덟이었다. 수술이 잘돼서 허리가 고장 나진 않았는데, 병원 침대에 누워 꺽꺽거리며 오열하는 내 모습은 어딘가 고장 난 사람 같았다.

나이 먹고 덩치만 불어난 아들 보기가 안쓰러웠는지 엄마가 한마디 했다.

"사랑 때문에 죽은 사람은 없다."

그리고 어떤 시인의 작품을 이야기해 주었는데, 이별의 아픔에 죽을 듯이 슬퍼하다 결국 노환으로 죽었다는 난센스 비슷한 시였던 걸로 기억한다.

일 년쯤 뒤에 그 친구의 소식을 들을 수 있었다. 동종 업계의 능력 있는 남자를 만나 결혼한다는 것이었다. 9년째 대학생 신분을 유지 중이던 젊은 시절의 나는 양심 없이 두 사람의 불행을 진심으로 바랐다(지금은 물론 그렇지 않다).

사랑이 슬퍼서 죽는 사람은 없다는 건 그때 이후로 기정 사실이 되었다. 적어도 난 죽을 생각을 못 했으니까. 흔한 클리셰였다. 시간이 약이고, 다른 사랑이 약이고, 정신을 잃을 때까지 술을 퍼먹으면 다음 날 속을 뒤집어 놓은 건 너와의 사랑이 아니라 숙취였다.

○

7월의 강물은 먹다 남은 국밥 정도는 될 만치 따뜻해진다. 그러면 약속이라도 한 듯 자살 건의 빈도가 늘어나는데, 하늘이 구물구물하다든가 매섭게 찬 바람이 몰아칠 때 일이 터지지 않고 오히려 날이 풀려야 터진다는 사실을 처음엔 이해할 수 없었다.

따뜻한 여름밤이었다. 남자 친구와의 이별에 슬퍼하던 젊은 여자 하나가 다리 아래로 몸을 던졌다.

뭍으로 건져 올린 여자는 차가웠다. 누군가는 누르고, 누군가는 숨길을 열고, 누군가는 심장을 다시 뛰게 만드는 주사를 혈관에 찔러 넣었다. 늘 그랬듯이 온 힘을 쏟아부었고, 살려보려고 했지만 이날은 잘되지 않았다. 회생이 어려운 상황에도 나는 매번 드라마 같은 연출을 기대한다. 눈을 번쩍 뜬다거나, 헉하고 크게 숨을 들이쉰다거나, 미동도 없던 자동 제세동기의 심장 리듬이 갑자기 펄떡펄떡 튀어 오른다거나. 그래서 연출이 없는 현장은 안 그래도 보잘것없는 나를 더 쪼그라들게 만든다. 처참한 시신의 아름다움에 안타까워하고, 그 젊음을 아까워하는 게 내가 할 수 있는 일의 전부였다. 그렇게 여자는 의학적으로 완전한 사망진단을 받았다. 휴대폰 메시지로 남긴 유서는 여자가 사람도 돈도 아닌 사랑 때문에 죽었다고 말하고 있었다.

그래서 엄마가 내게 해주었던 위로는 거짓말인 걸로 판명이 났다. 마침 난센스 같았던 그 시도 떠올라서 열 배는 세게 뒤통수를 얻어맞은 느낌이었다.

사랑에 관한 유명한 구절이 있다. 너무 길기 때문에 인내심을 갖고 봐야 한다. "사랑은 오래 참고 사랑은 온유하며 시기하지 아니하며 사랑은 자랑하지 아니하며 교만하지 아니하며 무례히 행하지 아니하며 자기의 유익을 구하지 아니하며 성내지 아니하며 악한 것을 생각하지 아니하며 불의를 기뻐하지 아니하며 진리와 함께 기뻐하고 모든 것을 참으며 모든 것을 믿으며 모든 것을 바라며 모든 것을 견디느니라." 이건 내가 익히 보아온 사랑의 속성과 정반대의 이야기를 한다. 사랑은 뜨거운 쇠공이다. 쥐고 있을 수 없는 물건이다. 손이 아니라 가슴으로 품어야 겨우 그 열기를 참을 수 있고 그러다가 사람을 미치게 만들며 '너를 영원히 사랑할 거야' 같은 거짓말도 불사하게 하고 멀쩡한 사람도 지상 최악의 이기주의자로 만든다. '모든 것을 참으며, 믿으며, 바라며, 견디느니라'가 아니라 '모든 것을 참으며, 믿으며, 바라며, 견디고 싶어'가 되어야 정확하다. 앞선 구절에선 사랑이 이러이러했으면 좋겠다는 글쓴이의 바람이 강렬하게 느껴진다. 이런 얘길 하면 지금 떠드는 자를 돌로 쳐야 한다고 말할 사람도 있겠지만, 내 생각엔 저걸 쓴 사람도 복장 터지는 사랑을 몇 번 경험한 것 같다. 그렇지 않고서야 저렇게 길고 꼼꼼하고 물 흐르듯 읽히는 사랑의 희망사항 리스트를 만들 수 없을 것 같다. 쓰고 한 2만 번쯤 다시 읽었을지도 모른다. 반대로 사랑을 해본 일 없는 사람이 뭘 몰라서 한 이야기일 수도 있겠지만, 그건 아닌 것 같다. 사랑이 쇠공이라는 전제하에 사람은 곧 사랑이기 때문이다. 사람은 사랑의 형상대로 만들어졌다. 그러므로 꽃처럼 사랑이 지면 사람도 질 수 있다.

사람이 사랑 때문에 죽을 수 있단 걸 알게 된 뒤로 나는 본격적인 쫄보가 되었다. 무엇보다도 아내와의 관계에 있어서 그렇다. 예전에 아내는 처음 만나고 세 번째로 함께 식사한 자리에서, 먹고살 길이 없다면 내가 배달 오토바이를 몰게 되어도 좋다고 얘기했다. 다니던 직장을 도망치듯 그만두고 빈들대며 2년쯤 허송세월을 보냈지만 아내는 나를 원망하지 않았다. 배달이라도 나가라 보채지도 않았다. 첫째 아이가 만으로 세 살이 되던 해, 반년간 꽤 열심히 공부해서 지금의 조직에 들어왔다. 긴 시간을 기다려준 아내에게 감사하면서도 지금쯤 인내심이 바닥나진 않았을까, 이미 실망할 대로 실망해서 한 번만 더 헛짓거릴 하면 팽 하고 돌아서는 건 아닐까 두렵다.

내가 당직을 마치는 아침 퇴근길부터 밥 차릴 걱정을 하는 건 바로 그래서다. 밥이라도 잘 만들면, 혹 내게 바친 아내의 어린 날이 보상이 되지 않을까 하는 얄팍한 기대. 세월이 우릴 집어삼켜도 당신의 맘이 없는 마음이 되지 않았으면 하는 기도 비슷한 거다.

사람은 정말 사랑 때문에 죽기도 한다. 지금은 나 역시 그럴 것 같다.

강물은 차갑다

남자가 최고조의 해방감을 느끼는 방법은 무엇일까. 어떤 이들은 술 담배를 하고, 어떤 이들은 밤새 컴퓨터게임을 한다. 개인적으로 내 딸들의 배우자가 될 남자들은 독서와 운동에서 해방감을 찾았으면 한다. 내 경우엔 다소 독특한데, 대중목욕탕을 방문했을 때 가장 큰 해방감을 느끼기 때문이다.

목욕탕이 좋은 이유는 냉탕이 있어서다. 처음 발을 담글 때 오줌이 마려운 느낌만 잘 견뎌내면 그 뒤론 수월하다. 욕조 가장자리에 두 팔을 교차시켜 얼굴을 삐딱하게 올려놓고, 물안개 때문에 희뿌예진 바깥세상을 관망한다. 대개 노인이고, 간혹 아빠와 함께 온 어린애들이 보인다. 임산부처럼 배를 내민 문신 아저씨들과는 눈을 마주쳐야 좋을 일이 없기 때문에 일부러 시선을 두지 않는다.

냉탕에 오래 몸을 담그고 있다 보면 아이스크림을 먹을 때처럼 허파에 차가운 공기가 들어차고, 심장이 펌프질 한 차가운 혈액에 머리가 얼어붙고, 뇌세포를 잇는 시냅스들마저 방한 파카를 입고 움직이느라 동작이 굼떠지는 듯 생각이 느려진다. 바탕이 희고 테두리가 까만, 거대한 목욕탕 시계 초침이 점차 속도를 늦춘다. 초와 초 사이 공간이 무한대에 수렴한다. 아주 살짝이지만, 나는 냉탕에서 추위에 의한 죽음을 맛본다. 그리고 느릿느릿 몸을 일으켜 온탕에 몸을 담근다. 전기가 흐르듯 짜릿짜릿한 느낌이 발끝에서 시작해 온몸을 따라 퍼진다. 부활이다. 누군가가 너를 죽음에서 건진 게 무엇이냐 묻는다면 나는 온탕이라고 답할 것이다.

○

자정쯤이었다. 젊은 남자가 다리 위에서 물 아래로 뛰어드는 걸 보고 누가 신고를 했다. 자살 명소로 이름난 그 다리는 높이가 다소 낮은데, 겨우 500백미터 거리의 뛰어들면 즉사할 만큼 높은 다리는 그닥 인기가 없다는 사실이 아이러니했다. 짐작이지만 사람들은 죽으려 하는 순간에도 살고 싶어 하는지 모른다는 생각이 들었다.

수난구조대가 앞서 달렸고, 구급차가 뒤따랐다. 비가 내리지 않은 지 며칠 되어서 물살은 잔잔했다. 보트를 띄운 구조대를 비롯해 출동한 모든 인원이 강물 위로 랜턴을 비췄다. 10여 분의 수색 끝에 불빛에 무언가 걸렸다. 교각 아래쪽을 붙들고 있는 검푸른 형체였다. 사람이었다. 밖을 향해 손을 흔들다 물에 빠질까 봐 교각을 붙들기를 반복하고 있었다. 구조대 보트가 구조대상자를 건졌다. 우리는 선착장에서 환자 받을 준비를 했다. 보트가 도착하기 직전부터 무어라 웅얼거리는 소리가 들리기 시작하더니 환자를 넘겨받을 즈음엔 또렷해졌다.

"감사합니다, 감사합니다."

담요 두 장으로 번데기처럼 몸을 감싼 환자는 병원 가는 내내 '감사합니다'를 뇌었다.

남자는 운이 좋아서 살았다. 신고가 늦어졌다면 익사하거나 저체온증으로 죽거나 둘 중 하나였다. 살아나서 '감사합니다'를 말할 정도였다면 삶에 얼마간 미련이 있었거나, 봄날에도 얼음장 같은 강에 빠져보니 죽은 미련도 무덤을 박차고 솟아난 것일 수도 있다. 어떤 경우건 간에 남자는 살아나서 감사했다. 강물 위로 몸을 던지는 다른 수많은 사람도 막상 물에 들어갔다 나오면 살아 있음에 감사할지도 모른다. 하지만 남자의 경우처럼 두 번씩 기회가 주어진다는 보장은 없다.

세상에 '나'라는 것이 있다는 생각을 하기 시작하면서부터 사람에겐 일기장이 한 권씩 주어진다. 그건 왼손(왼손잡이의 경우는 오른손)으로 써야 하는 일기다. 더군다나 연필이

나 지우개도 없이 유성 매직으로 써야 한다. 일기장은 삐뚤거리는 문자와 서툰 표현으로 채워진다. 앞뒤 문맥이 맞지 않는 것은 물론이고, 중간중간 고쳐보겠다고 가로로 선을 찍찍 긋거나 브이자 표시를 하고 그 위에 너저분한 서사를 덧붙인다. 그래서 일기장을 들여다볼 때마다 처참한 마음이 된다. 가끔 반대 손으로도 글씨를 잘 쓰는, 인생 2회 차, 3회 차처럼 뵈는 돌연변이 같은 인간들을 만나면 자괴감은 더 커진다. '내 일기장은 왜 이 모양일까' 절망하고, 개중엔 일기 쓰기를 관두는 사람들도 나타난다. 요즘 유행하는 '현생은 글렀어'라는 말을 염불처럼 웅얼거리며 단체로 일기장을 불길에 집어 던진다. 그러나 사람들이 간과하는 것이 있다. 그건 우리가 쓰고 있는 게 겨우 일기에 불과하다는 사실이다. 잘 써봐야 일기다. 엉망진창이라도 일기고. 쓰는 사람의 바람처럼 세상에 큰 의미를 남기는 경우는 드물다. 그러므로 으스대며 제 삶을 다른 사람의 삶보다 낫다고 여기는 건 1학년 1반 누구라고 제목을 붙인 제 일기장을 문학작품처럼 생각하는 것이나 다름없다.

겨우 낙서를 면한 우리의 일기는 오직 한 권뿐이고, 나 한 사람만 쓸 수 있다는 데에 가장 중요한 의미가 있다. 누굴 보여줄 필요도 없다. 혹 누군가 훔쳐본다면 어지간히 할 일이 없거나, 제 삶에 만족을 못 해서 남을 깎아내리는 일을 낙으로 삼는 한심한 종자들이라고 생각하면 딱 들어맞는다. 물론, 남과 비교하지 않아도 익숙지 않은 손으로 일기를 쓰는 일 자체가 힘이 들 것이다. 거기엔 어떤 지침이나 모범 답안도 없어서 의미 불명의 문자로 일기장을 새카맣게 채우는 것보다 차라리 쓰기를 포기하고 하얗게 두는 게 나아 보이기도 한다. 죽는 게 낫다. 그런 말이 절로 나온다. 그러나 냉정하게 말하면 죽음이 삶보다 낫다고 말할 수 있는 사람은 아무도 없다. 내가 아는 한 죽음은 떨어진 사람을 가루로 만들 만큼 높은 다리이기 때문이다. 붙들고 있을 교각 없는, 강기슭과 무한히 떨어진 강물이기 때문이다.

그렇다면 차라리 목욕탕에 가는 건 어떨까. 냉탕에 한 시간쯤 몸을 담그고 있다가 온탕으로 옮겨 가면 죽음을 갈망하던 마음이 조금 누그러들지도 모르고, 의외로 그 집이 삶은 달걀과 식혜 맛집일지도 모를 일이다. 일기장은 원래 그런 소소한 재미로 채워 나가야 일기다운 거다. 배 나온 문신 아저씨는 그냥 무시하면 된다.

강물은 차갑다. 죽음은 더 차갑다. 장담하는데, 거기엔 온탕도 없다.

나는 살고 싶다

○

근위축성 측삭경화증. 이 병에 걸리면 대뇌피질과 척수 신경, 뇌줄기의 운동신경세포가 서서히 파괴되고, 사지의 말단에서 시작한 근 위축이 온몸으로 번지다가 손가락 하나 움직일 수 없게 된다. 병이 더 진행되면 결국 호흡근 마비로 사망한다. 양키스의 전설적인 4번 타자 루 게릭이 이 병으로 목숨을 잃었기 때문에 그의 이름을 따서 루게릭병으로 불리기도 한다. 병은 전성기를 구가하던 그의 모든 것을 앗아갔다.

남자는 채 일흔을 넘지 않았다. 루게릭병으로 온몸이 쪼그라들어 있었고 목 중간쯤 절개된 기관에 인공호흡기가 연결되어 규칙적으로 숨을 불어넣고 있었다. 그의 아내는 팔팔했다. 팔팔할 수밖에 없었던 세월이 온몸에서 묻어났다. 움직이지 못하는 남편을 대신해 두 사람 몫의 일을 하고, 둘이 아닌 홀로 거닌 거리의 이야기를 매일 남편에게 전하는 모습이 그려졌다. 그녀는 늙은 남편의 탯줄이었다. 아무리 양분을 들이부어도 고집스럽게 삶이 아닌 죽음으로만 나아가는 탯줄.

구급차로 이동하기 위해 인공호흡기와 집 안의 산소탱크가 연결된 줄을 분리했다. "그거 떼면 안 되는데!" 그녀가 다급하게 소리쳤다.

"여기, 휴대용 산소통 가져왔어요. 염려 마세요."

"아, 죄송합니다. 예민한 환자라서."

간이형 들것에 싣자 남자는 맥없이 풀어져서 양팔이 자꾸 바깥으로 삐져나왔다. 주워 올리면 툭. 다시 주워 올리면 툭. 움직이는 들것 위에서 줄이 끊어진 나무 인형처럼 달그락달그락 춤을 췄다. 잠시 들것을 내려놓고 환자의 양손을 바지 안으로 집어넣자 꼭 공손하게 손을 모은 모양이 되었다. 그게 또 우스웠는지 환자는 한쪽 입가를 아래로 늘어뜨리며 흐으 하고 웃었다. "웃네요, 웃어." 말하며 남자의 아내도 웃었다. 어쩌면 다른 표정은 전부 잊고 웃는 표정만 붙들고 사는지 모른다는 생각이 들었다.

○

"아빠는 돌아가면 어떻게 되는 줄 알아?"

둘째는 요새 부쩍 그렇게 묻는다. 돌아가면 어떻게 되냐고. 죽으면 어떻게 되냐고 묻는다. 아빠가 위험한 일을 한다는 걸 인지하는 건지, 아니면 어른 눈엔 뵈지 않는 삶과 죽음의 정령 같은 게 아이의 눈에 비쳐서인지 이유는 알 수 없다. 본능일 수도 있겠단 생각도 든다. 하루하루 살아내기 바쁜 나이가 되면 잊히는 본능. 사람은 왜 태어나고 죽을까, 죽음 뒤엔 뭐가 기다리고 있을까 허공인지 신인지에게 캐묻는 본능 말이다.

"아빠는 잘 모르지." 이날도 나는 같은 대답을 했다.
"나는 알아."
"그래?"
"아빠는 돌아가고, 나는 할머니가 되는 거야."
"응."
"내가 돌아가면 아기가 또 태어나."
"응."
"그렇게 되는 거야."

명쾌했다. 온전히 머리로 이해하고 나온 말은 아니겠지만 아이는 삶의 본질을 꿰뚫고 있었다. 내가 죽으면 내가 걷던 길을 다음 사람이 걷는다. 아이의 눈에 비친 죽음은 너저분한 수식 없이, 발가벗은 모습 그대로였다. 그렇게 죽음을 받아들인다면 삶의 이유도 명확했다. 나는 내 뒤를 따라오는 아이들이 부끄럽지 않게 살고, 더는 걷지 못하게 되었을 때 잡은 손을 놓고 웃으며 인사를 건넨다.

물론 세상에 그토록 미련 없는 죽음은 없다. 죽는 날까지 무소유를 이야기하던 어떤 스님도 자기 이름으로 더 이상 책을 만들지 말라는 유언을 남겼다. 나는 그것마저도 미련이라고 본다. 당신이 아직 모든 것을 내려놓지 못했다는 부끄러움에 자신도 모르게 삶의 끄트머리를 붙들고 고쳐보려 했던 것이라고 생각한다. 그런데 나 같은 보통 사람이야 그 미련의 크기가 어떨지 짐작도 못하겠다. 나는 아직 하고 싶은 일이 많다. 죽기 전에 대기권을 한번 벗어나 보고 싶고, 마라톤 풀코스를 완주하고 싶고, 많은 사람들에게 읽히는 책도 한 권 내고 싶고, 엄마 아버지 돌아가시기 전에 크루즈로 세계여행도 시켜드리고 싶고, 처갓집 식구들과 울릉도에 놀러 가고 싶고, 그리고 너무 늦기 전에 아내에게 결혼할 때 못 한 프러포즈도 해주고 싶고. 끝도 없다. 지금도 이런데 늙어서라고 다를까. 그래서 하나 고백하자면 나는 이제껏 주변 사람들에게 허세를 부렸다. 많은 죽음을 마주해서, 거기에 익숙해서 마치 삶의 끝이 두렵지 않은 것처럼 떠벌렸다. 그럴 리가. 죽음에 가까이 가면 갈수록 커지는 미련의 크기만큼 나는 죽음이 두렵다. 매일 매를 맞는다고 매가 안 아프게 느껴질 리 없는 것처럼. 아마 죽음이 손을 치켜드는 시늉만 해도 "제발 살려주세요!" 하고 소리칠 것이다.

점점 아픈 구석이 늘어난다. 산책을 하다 보면 종종 무릎이 시큰거리고, 아이들을 안아 올리기 전엔 늘 어깨가 아플 각오를 해야 한다. 소파에 앉아 좋아하는 책이라도 보고 있으면 30분도 지나지 않아 허리가 쑤신다. 예전엔 체육관에서 젊은 애들이 못 따라가는 형님으로 통했는데 요샌 그냥 형님이다. 미용실 갈 때마다 "머리숱이 좀 줄었죠?" 물으면 지난번 찾았을 때보다 주름이 늘어난 사장님이 "뭘, 옛날이랑 똑같아요" 하고 되받는 거짓말에서 위로를 받고, 서로가 짠해서 멋쩍게 웃는다. 몸이 아픈 건 그러려니 하는데 기억력도 점점 떨어진다. 당신과 맛있게 식사했던 그 집이 생각나지 않고, 내가 힘들 때 웃게 만들었던 아이들의 살가운 말마디가 생각나지 않는다. 반갑게 인사하는 옛 동료의 이름이 떠오르지 않는다. 뭐 하려고 했지? 아, 정말 끝내주는 생각이었는데! 아쉬워하며 멈칫하는 순간이 많아진다. 몸과 마음이 낡아가며 적나라하게 다가오는 죽음을 실감한다. 동시에 내가 얼마나 삶을 사랑하는가를 깨닫는다.

아이의 말처럼 두려움 없이 죽음을 받아들일 수 있다면 얼마나 좋을까. 어느 시인처럼 이 세상 소풍 끝내는 날, 가서, 아름다웠다고 말할 수 있다면 얼마나 좋을까. 그러나 죽음과 악수하기에 앞서 나는 아직 하고 싶은 이야기가 많다. 몸은 삐걱거리고 머릿속은 차차 흐려지지만 여전히 크게 숨을 들이쉴 수는 있다. 다른 표정은 전부 잊고 웃음만 남을 때까지, 나는 살고 싶다.

배가 간다

○

눈 오는 산길을 10여 킬로쯤 달렸다. 한밤중인 데다 눈발
이 쉼 없이 유리창을 때리는 바람에 평소보다 시간이 배는
더 걸렸다. 마흔 전후로 뵈는 여자가 주소지로 통하는 길의
초입에서 구급대를 기다리고 있었다. 길이 좁아서 차를 가
지고 이동하는 것이 불가능했기 때문에 도보로 안내를 하
기 위함이었다.

길은 며칠 내내 쌓인 눈으로 뒤덮여 이미 길이라고 할 만
한 것이 못 되었다. 보급받은 아이젠도 별 소용이 없었다.
정강이까지 눈이 차올라서 길을 걷는다기보다는 길을 걷어
차면서 갔다. 신발을 비집고 들어온 눈이 얼었다 녹았다를
반복해 엄지발가락의 감각이 무뎌질 즈음 목적지가 나타
났다.

컨테이너를 개조해서 만든 농막이었다. 출입문 쪽은 슬
레이트를 얹어 처마를 연장하고 그 아래 나무 기둥을 찔러
넣었다. 눈이 쌓이는 바람에 무게가 실려 그런 것인지 애초
에 비뚜름하게 시공을 한 것인지 금방이라도 무너질 듯 위
태로워 보였다. 여자가 주머니에서 키를 꺼내 문고리에 넣
고 돌렸다. 한 손으로 벽을 짚고, 다른 한 손으로 문고리를
잡고 서너 번 힘을 주어 당기자 뺑 소리를 내며 문이 열렸
다. 지붕 주변으로 와라락 눈이 떨어졌다. 찬 기운과 함께

오래된 먼지 냄새가 콧구멍 안쪽으로 훅 끼쳤다. 수명을 다한 형광등이 몇 초 간격으로 켜졌다 꺼졌다를 반복했고, 엉성한 벽체 틈으로 바람이 드나들며 사람이 흐느끼는 소리를 냈다. 차라리 빛 한 점 들지 않고 고요했다면 덜 을씨년스러웠을 텐데, 집은 마치 죽음의 그림자가 한 발쯤 걸치고 있는 듯한 인상이었다. 안쪽은 널브러진 옷가지와 잡동사니로 발 디딜 틈이 없었다. 좌우를 둘러보아도 인기척은 느껴지지 않았다. 문득 출입문 우측에 놓인 책장에 눈이 갔다. 눈높이에 사진이 들어간 액자 몇 개가 진열되어 있었다. 젊은 부부의 사진, 어린 딸의 독사진, 셋이 함께 찍은 대학 졸업식 사진. 하나같이 허옇게 빛이 바래고 습기를 먹어 울퉁불퉁했지만 다들 웃는 낯이라 짠한 기분이 들었다.

"일어나요."

정적을 깨는 여자의 말에 흠칫 놀라 뒤를 돌아보았다. 방구석에 산처럼 쌓인 이불을 걷어내자 그 속에서 늙은 남자가 나타났다. 비쩍 마르고 주름이 많아졌지만 사진 속 남자가 분명했다. 남자는 여자의 얼굴을 보더니 힘없이 웃었다. 여자가 인상을 쓰며 선풍기 모양 전열기를 찾아내 코드를 연결했다. "죽을 것 같다고 해서 와봤더니 아직 안 죽었네."
그녀가 전열기 주변에 놓인 쓰레기들을 멀찍이 치우는 동
안 남자의 활력징후를 측정했다. "환자분, 어디 불편하신 데
는 없으세요?" 남자가 좌우로 고개를 저었다. "먹지 말래도
이거 봐. 또 숨겨놨어, 또." 쏘아붙이며 여자는 방구석에 놓
인 신발장 문을 열고 그 안에 들어 있던 1.5리터들이 플라
스틱 소주병 몇 개를 꺼내 바닥에 내려놓았다. 남자가 머쓱
한 표정으로 눈치를 살폈다. 전열기 덕에 온기가 돌아서인
지, 아니면 여자의 염려 섞인 짜증 덕인지 얼굴은 처음보다
생기가 도는 것 같았다.

"따님, 아버지께서 지금 특별한 이상은 없으신 것 같아요.
같이 계시다가 혹시 상태 안 좋아지거나 하면 다시 신고 주
세요."

"저 집에 갈 거예요."

"네?"

"같이 안 살아요." 여자가 출입문을 열며 말했다.

"가?" 나이 든 남자가 묻자,

"어." 짧게 답하고는 휘적휘적 멀어졌다.

바깥은 아까보다 굵어진 눈이 어지럽게 날리고 있었다. 밤사이 발자국도 다 사라질 것 같았다.

○

눈처럼 흰 뼛가루는 아직 뜨거웠다. 구릿빛으로 번들거리는 얼굴의 젊은 선장이 수영만 앞바다 1호 장지가 남자가 머물 곳이라 했다. 해양장을 지내기로 했는데 그래 봐야 망망대해 한가운데였다. 한 줌씩 남자를 세상에 뿌렸다. 절반은 바닷물에 녹아 흩어졌고, 나머지는 요트 곁을 지나던 바람이 채어 갔다. 마지막 모습마저 당신답다고 생각했다. 자유를 얻고 가족을 버린, 쉬지 않는 낚시꾼이자 사냥꾼. 외로운 시인. 남자는 재가 될 때까지 뜨겁게 삶을 사랑하다가 스스로 세상을 떠났다. 세라믹 유골함에 남은 열기가 남자의 온기처럼 느껴졌다. 그러나 그건 소각로에서 빠져나온 뼈를 곧장 파쇄기에 넣어 가루로 만든 뒤 지체 없이 그릇에 담았기 때문이었다. 유골함은 금세 텅 비었다. 남아 있던 열기도 사라졌다.

늦은 여름의 태양은 따사로웠고 바람은 잔잔했다. 건너편에서 마주 오는 배 한 척에서 강한 비트의 댄스음악이 들려왔다. 수영복 차림의 젊은 남녀 몇이 우리 쪽을 향해 마개가 열린 맥주병을 들어 올리며 무어라 소리쳤다. 수면 아래에 푹 잠겨 있는 이쪽과는 대조적이었다. 꼭 축제라도 벌이는 듯했다. 축제와 장례. 우리는 어느 날 바다에 던져진 이후로 기나긴 축제를, 동시에 기나긴 장례를 지내고 있었다. 그건 별이 보이지 않는 바다를 나침반도 없이 나아가는 배들의 숙명이었다. 기뻐하든가, 슬퍼하든가, 맥주를 마시든가, 눈물을 마시든가. 그런 식으로 길고 긴 항해에 의미를 부여했다. 갑판 위에 상상 속의 지도를 그려 넣으며 수평선 너머엔 보물섬이 있으리라, 절벽이 있으리라, 계속해서 나아가면 제자리로 돌아오리라 하는 말들로 항해의 끝을 짐작했다. 혹자는 그런 항해에 아무런 의미가 없다고 말했다. 그러나 그는 의미가 없다는 것을 의미함으로써 자신의 주장이 확실한 의미를 가진다는 걸 알지 못했다. 그래서 나에게 항해는, 삶은, 축제이자 장례라고 하는 편이 가장 이치에 맞아 보였다.

소란스러움이 스치듯 지나고 이전보다 더 깊은 고요가 찾아왔다. 길 없는 바다를 나아가는 배와 사람이 살아가는 인생의 모양이 비슷하단 생각을 했다. 애써 삶의 의미를 만들고 발자취를 남겨보지만, 물결 같은 시간 앞에 힘을 잃고 영영 성장하지 못하는 우주의 미아인 채로 죽음을 맞는 것. 그 막연함이 너무 두려워서 엄마 품에 안겨 숨죽여 울던 어린 내 모습도 떠올랐다. 한참 상실의 바다를 유영할 즈음 내 손을 그러쥐는 아내의 손이 느껴졌다. 그건 힘을 내자는 신호 같기도, 살려달라는 신호 같기도 했다. 물안개처럼 부연 현실 속에서 오직 아내의 체온만이 또렷했다.

연극이 끝난 후

연극이 끝나고 난 뒤 / 혼자서 객석에 남아
조명이 꺼진 무대를 본 적이 있나요
― 샤프, 「연극이 끝난 후」

혼자 지내는 80대 할머니였다. 오한 때문에 몸의 떨림
이 멈추지 않았다. 할머니 아들에게 전화를 걸었다. 공부하
는 자녀들과 다른 도시에 살아서 보러 올 형편이 아니란다.
"그러게 요양원으로 가자니까 말을 안 들으셔." 수화기 너머
로 볼멘소리가 웅웅거렸다.

격리병실 자리가 날 때까지 구급차 안에서 대기해야만
했다. 담요를 환자의 발끝부터 턱 바로 아래까지 덮었다. 들
것 위에 얼굴만 둥둥 떠 있는 것 같아서 겹겹이 새겨진 주
름과 희멀건 버짐 위에 핀 검버섯이 더 또렷했다. 나는 거울
을 보듯 할머니의 얼굴을 보았다. 어느 날 같은 자리에 있을
나의 얼굴이 거기 있었다. 만인에게 공평한, 죽음이 덧씌워
진 얼굴이었다.

○

나는 무명작가의 대본처럼 나의 마지막을 그린다. 해가

잘 드는 방, 열린 창으로 평생을 이름 몰랐던 들꽃 향기가 자장가처럼 끼친다. 곁에는 너무 잘 먹고 잘살게 되어서 나보다 오래 살 친구들이 세 명쯤 있다. 다행히 아내는 먼저 세상을 떠났다. 그녀가 혼자 남는 걸 두려워해서 그녀보다는 기어코 더 살아낼 작정이었다. 허리 디스크와도 마침내 작별이다. 평생 내 오른 다리를 끔찍한 고통에 시달리게 만들었지만 그래봤자 죽음 앞에선 애송이라 생각하니 웃음이 나온다. 아이들은 비행기 타고 온다고 늦을 것 같다. 만나봐야 잔소리나 할 테니 오히려 잘됐지 싶다. 이제 곧 자식에서 아버지로, 아버지에서 흔한 노인으로 역할이 정신없이 뒤바뀐 나의 연극이 종막을 맞는다.

마지막 대사는 독백이다. 그게 제일 잘 어울린다. 한 사람을 정해 마지막 말을 전하는 건 듣는 사람이 너무 부담스러울 것 같다. 그렇다고 무대 바깥을 향해 소리치기도 어렵다. 내가 무슨 대문호라서 세상에 길이길이 남을 명대사를 떠올린다면 모르겠지만 지금 당장은 생각나는 게 없다. 또, 잘못하면 그런 방백은 촌스럽다. 촌스러운 결말은 싫다. 그래서 이건 마음속에만 있는 생각이라고 해도 좋은, 적당히 쉽고 적당히 시적인 대사가 필요하다. 거창하지 않으면서 나를 가장 잘 담아낼 수 있는 한마디가 필요하다. 걸어온 길을 돌아보면 뭔가 떠오를지도 모른다. 혼돈에서 빛으로, 엄마의 젖, 아버지의 목말, 외할머니의 자장가, 꽃, 된장찌개, 오래된 책 냄새, 첫눈, 베토벤과 쇼팽, 너의 숨, 뜨거운 미소, 아이들, 아! 보고 싶은 내 아이들, 비와 무지개, 목욕탕, 바다, 어느 것도 실패가 아니었던 사랑, 그리고 다시, 빛으로. 그런 거구나. 그런 거였어. 마지막 대사는 그게 좋겠다.

"고맙습니다."

침묵. 긴 침묵. 이렇게 끝이라고? 정말 그게 마지막 대사라고? 어디서 야유가 들리는 것 같다. 그러나 객석은 텅 비었다. 관객은 내 상상일 뿐이다. 늘 그랬다. 소란스러웠던 세상이 잠잠해진다. 조명이 꺼진다. 나는 길 없는 무대를 천천히 내려간다. 저 앞에 비상구가 열린다. 어둠이 걷히며 푹한 열기가 얼굴 위로 쏟아진다. 바깥은 여름이다. 눈이 부시다. 어릴 적 아이스크림 사 준다는 말에 혹해서 예방접종 하러 가던 날이 생각난다. 한 번만 참으면 된다. 한 번만 따끔하면 된다. 그 순간을 의연하게 견디고 자랑스레 주사 맞은 팔을 내밀어 아버지의 손을 잡는다. 우리는 아이스크림을 먹으러 간다. 영원히, 잊히지 않는 아이스크림.

할머니가 몸을 웅크리며 잠꼬대를 했다. "아빠, 추워. 아빠, 아빠." 그 모습이 마치 그녀의 연극이 가장 찬란했던 시절을 떠올리는 것 같았다. 아득한 훗날, 주어진 삶을 다 살아낸 내 딸들의 얼굴이 거기 겹쳐 보였다. 손을 들어 할머니의 이마를 짚었다. 얼굴이 조금 편안해졌다.

수도꼭지를 위하여

먼저 잘 익은 대추처럼 붉은 얼굴이 눈에 띈다. 일산화탄소와 헤모글로빈이 결합했을 때 피부에 나타나는 전형적인 모습이다. 나는 습관처럼 누워 있는 노인의 웃옷을 조금 걷어 몸통 아래쪽을 본다. 푸르스름한 시반이 내려앉은 걸 보아 사망한 지 세 시간 이상 지났음을 알 수 있다. 엄지와 집게손가락으로 아래턱 중간을 쥐고 살짝 움직여 본다. 완전하게 굳어 벌어지지 않는다. 노인은 어제 새벽 간이 화로에 착화탄을 얹어 스스로 목숨을 끊은 것으로 보인다. "외할머니, 너무 불쌍하게 돌아가셨어." 엄마가 말한다. 엄마의 곁엔 원래도 말주변이 없는데 장모님의 죽음으로 인해 더 말

주변이 없어진 아버지가 자릴 지키고 있다. 나는 엄마의 아들로서, 엄마의 엄마가 죽음을 택한 함박눈이 펑펑 내리는 오늘 아침에 대해서 어떤 이야기를 해야 할 것인가 고민하기 시작한다. 어쩌면 오늘이 아닌 어제의 이야기를 꺼내는 게 좋을지 모른다. 어제는 머릿속에서 이미 진하게 화장을 마쳤지만 오늘은 적나라한 민낯이기 때문이다.

엄마가 운다. 아버지도 운다. 나도 따라 울어야 할 것 같지만 쉽지 않다. 예전에는 참 눈물이 많았는데 소방서에 다닌 몇 년 사이에 내 안의 무언가가 망가진 게 틀림없다. 담배를 태운다면 슬픈 티라도 낼 수 있으련만 그마저도 끊었다. 엄마가 뱃속으로 울음을 넘긴다. 우우, 우우우 하는 소리가 어떤 태고의 짐승이 울부짖는 것 같다. 한 사람의 우주가 무너지는 광경을, 나는 무심한 신이라도 된 양 물기 없는 눈으로 본다.

국숫집에서 점심을 먹고 외할머니 집에 잠깐 들렀다. 돌아가신 뒤론 처음이었다. 다른 식구들이 오며 가며 살펴보는지 빈집이란 생각이 들지 않을 정도로 주변이 말끔했다. 출입문은 도어록이 달려 있어 열지 못했다. 이 집이 과거에는 늘 열려 있었다는 사실을 새삼 깨달았다. 마당 쪽으로 걸음을 옮겼다. 널찍하게 깔린 자갈 위로 여름이 쏟아지고 있었다. 가장자리의 수돗가가 눈에 띄었다. 허리가 다 굽은 외할머니가 엄마 몰래 김치 담그려고 배추를 씻던 곳이었다. 땀이 나서 세수라도 할 요량으로 수도꼭지 손잡이를 잡아 돌렸다. 시원한 물이 쏟아졌다. 얼굴과 목덜미를 씻은 뒤 반대 방향으로 손잡이를 돌리는데 안에서 헛도는 느낌이 났다. 이게 왜 이러지. 암만 시계 방향으로 손잡이를 돌려도 물줄기는 그치지 않았다. 건드릴수록 물살만 더 세졌다. 아니, 이게 왜 이러지. 나는 토할 것처럼 물을 뱉는 수도꼭지를 보고 울기 시작했다.

처음 심폐소생술을 한 날 손바닥 아래서 노인의 복장뼈가 박살 나던 감각이 떠올랐다. 나일론 줄로 목을 매고 죽은 남자를 바닥으로 끌어 내릴 때 맡은, 죽는 순간까지 살고 싶어 했던 사람의 진한 땀 냄새가 떠올랐다. 까마득한 동공 안에 세상의 한 줌 빛이라도 더 담아가려 했던 어린아이의 눈동자도 생각났다. 아이의 조막만 한 눈꺼풀을 열었다 닫는 순간 손끝을 적신 한기가 아직 생생했다. 그제야 외할머니의 죽음을 두고 울 수 없었던 이유를 알았다. 그건 내가 수도꼭지를 꼭꼭 잠가두려 했기 때문이었다. 그래야만 구급차를 탈 수 있기 때문이었다. 고장 난 수도꼭지 앞에서, 나는 오래도록 울었다.

출동 벨이 울린다. 발랄한 음악이 그치고 대형마트 식품 코너 직원들처럼 감흥 없는 수보요원의 목소리가 이어진다. 누가 아프다고 합니다. 다쳤다고 합니다. 죽었다고 합니다. 배고프다는 말을 바꿔 말하는 듯한 심드렁한 목소리에 울렁이던 마음이 잠잠해진다. 하늘색 니트릴 장갑과 KF-94 마스크를 착용한다. 이것들은 사람의 온기와 냄새를 내가 온전히 느끼지 못하게 도와줄 것이다. 구급차에 올라 신고자에게 전화를 건다. "출동 중인 구급대원입니다. 괜찮습니다. 진정하시고 말씀해 보세요." 상대방에게 하는 건지 나 자신에게 하는 건지 모를 그런 말로 삐져나온 마음의 올을 하나하나 여민다. 그렇게 수도꼭지를 단단히 잠근 뒤, 나는 지금 당신에게 달려간다.

당신이 더 귀하다

초판 1쇄 발행 2025년 1월 6일
초판 3쇄 발행 2025년 2월 18일

지은이 백경
펴낸이 김선식

부사장 김은영
콘텐츠사업본부장 임보윤
기획편집 이한나 **책임마케터** 배한진
콘텐츠사업3팀장 이승환 **콘텐츠사업3팀** 김한솔, 권예진, 곽세라, 이한나
마케팅2팀 이고은, 배한진, 양지환, 지석배
미디어홍보본부장 정명찬 **브랜드홍보팀** 오수미, 서가을, 김은지, 이소영, 박장미, 박주현
채널홍보팀 김민정, 정세림, 고나연, 변승주, 홍수경
영상홍보팀 이수인, 염아라, 석찬미, 김혜원, 이지연
편집관리팀 조세현, 김호주, 백설희 **저작권팀** 성민경, 이슬, 윤제희
재무관리팀 하미선, 임혜정, 이슬기, 김주영, 오지수
인사총무팀 강미숙, 이정환, 김혜진, 황종원
제작관리팀 이소현, 김소영, 김진경, 이지우
물류관리팀 김형기, 김선진, 주정훈, 양문현, 채원석, 박재연, 이준희, 이민운
외부스태프 디자인 studio forb **표지사진** 신웅재

펴낸곳 다산북스 **출판등록** 2005년 12월 23일 제313-2005-00277호
주소 경기도 파주시 회동길 490 **전화** 02-704-1724 **팩스** 02-703-2219
이메일 dasanbooks@dasanbooks.com **홈페이지** dasan.group **블로그** blog.naver.com/dasan_books
종이 스마일몬스터 **인쇄** 민언프린텍 **코팅·후가공** 제이오엘앤피 **제본** 국일문화사

ISBN 979-11-306-6088-2 (03810)

· 책값은 뒤표지에 있습니다.
· 파본은 구입하신 서점에서 교환해드립니다.
· 이 책은 저작권법에 의하여 보호를 받는 저작물이므로 무단 전재와 복제를 금합니다.
· KOMCA 승인 필

다산북스(DASANBOOKS)는 독자 여러분의 책에 관한 아이디어와 원고 투고를 기쁜 마음으로 기다리고 있습니다.
책 출간을 원하는 아이디어가 있으신 분은 다산북스 홈페이지 '원고투고'란으로 간단한 개요와 취지, 연락처 등을 보내주세요.
머뭇거리지 말고 문을 두드리세요.